CATHRYN CONSTABLE

Les SECRETS DE TEMPLE COLLEGE

Traduit de l'anglais par Alice Marchand

GALLIMARD JEUNESSE

Titre original : *The White Tower*

Initialement publié en anglais en 2017 chez The Chicken House,
2 Palmer St, Frome, Somerset, BA11 1DS, Royaume-Uni

À C., M., R., S.

J'ai expliqué les phénomènes célestes et marins
par la force de gravitation, mais je n'ai pas encore
attribué de cause à la gravitation.
Isaac Newton (1642-1727)

Levez-vous, enfants dorés !
Le ciel infini vous attend !
Extrait du *Livre d'alchimie*,
de Peter Burgess (1523-1597)

1

En resserrant délicatement les doigts autour de la petite boîte qu'elle avait dans la poche de sa veste, Livy tendit le cou pour voir à travers la masse des gens qui montaient dans le bus en se bousculant. Elle commença à paniquer quand la mèche noire du garçon disparut en haut de l'escalier qui menait à l'étage. Il fallait absolument qu'elle trouve une place dans ce bus.

Indifférent au sort de la jeune fille, le chauffeur regardait droit devant lui. Il appuya sur le bouton de fermeture des portes. Livy joua des coudes pour avancer.

Ouf ! Elle était montée.

Les portes se fermèrent derrière elle et le bus démarra brusquement. Livy chercha sa carte de transport dans son sac à dos. Une fois qu'elle l'eut apposée sur le lecteur, elle se rendit compte qu'elle ne pourrait pas la ranger d'une seule main. Elle la coinça entre ses dents parce qu'elle ne voulait pas lâcher cette boîte dans sa poche. Elle contenait un minuscule cœur en verre bleu. C'était le cadeau qu'elle avait promis à sa meilleure amie Mahalia de remettre à ce garçon aux cheveux hérissés – et une promesse est une promesse, si difficile soit-elle à tenir.

À l'étage, Livy posa son sac à dos, lâcha son sac de sport et s'affala sur un siège. Elle retira sa carte de transport d'entre ses dents et la glissa dans la poche de sa veste. Le garçon était installé au fond du bus avec ses copains. Nerveuse, elle inspira à fond. Comment s'y prendre ? Elle regarda les nuages, dehors, comme s'ils pouvaient l'aider, mais cela ne fit que lui donner encore plus le vertige. Ils paraissaient aussi denses que des villes qui auraient été en suspension au-dessus d'elle. Elle ferait tout son possible pour que cette journée soit normale, décida-t-elle. Après tout, que pouvait-il y avoir de plus normal qu'un jour comme aujourd'hui ?

Elle s'était levée dès que le réveil avait sonné, comme elle se l'était promis : pas de maux de ventre. Elle avait réussi à avaler une bouchée entière de son petit déjeuner et à se rendre au collège. Certes, cela lui avait semblé bizarre d'y retourner après tout ce temps, mais les uns et les autres avaient été très gentils ; elle s'était assise à côté de Megan en maths et de Ciara en espagnol. Cela lui avait fait un drôle d'effet, car elle s'était toujours assise à côté de Mahalia. Mais elle avait tenu jusqu'à la fin de la journée et, à présent, elle rentrait chez elle en bus ; le garçon dont Mahalia avait été folle amoureuse était assis quelque part derrière elle. Comme d'habitude.

Dans sa robe d'été, ses genoux dénudés frottaient contre le siège devant elle. Elle regrettait de ne pas avoir mis son pantalon ; elle ne l'avait pas trouvé après toutes ces semaines sans aller au collège.

« C'est juste une journée normale, se dit-elle. Et demain aussi, ce sera une journée normale. Il ne se passera pas grand-chose. Ce sera juste normal. Parce que la normalité, c'est bien. Tout le monde aime ça, la normalité. »

Les freins de l'autobus crissèrent. Elle jeta un coup d'œil par-dessus son épaule. Au fond, les garçons entamèrent une série de checks et, dans la bonne humeur, se mirent à échanger des insultes dans un argot londonien que Livy ne comprenait pas. Sous une salve d'éclats de rire moqueurs, le garçon à la mèche noire se dégagea du groupe et, d'un pas chaloupé, s'avança vers elle dans l'allée.

Elle inspira à fond et sortit la boîte de sa poche.

– Excuse-moi…

Elle se pencha vers lui.

Le garçon la regarda, surpris. Derrière lui, ses copains se mirent à siffler, déchaînés, et Livy déglutit, la gorge sèche. Elle avait la tête vide : qu'était-elle censée dire ? Elle pressa la toute petite boîte dans son papier cadeau scintillant contre la poitrine du garçon.

– Une amie m'a demandé de te donner ça, dit-elle d'une voix rauque, gênée.

– Ah ouais ? C'est qui, ton amie ?

– Tu lui as parlé plusieurs fois dans le bus, bredouilla-t-elle.

– Elle est jolie ?

Livy rougit.

– Très jolie. Elle a de longs cheveux châtains et de grands yeux bleus.

Le bus s'arrêta ; Livy n'avait plus que quelques secondes.

– Mahalia, lâcha-t-elle d'un coup. Mon amie s'appelle Mahalia.

Le garçon prit le paquet, l'approcha de son oreille et le secoua.

– Nan, dit-il. Je ne connais personne qui s'appelle Malia.

Livy avisa sa veste aux poches déchirées, son pantalon porté dangereusement bas sur les hanches et sa cravate large et courte. On aurait dit qu'il s'était mis de la colle dans les cheveux pour former ces drôles de piquants raides. Il lui adressa un bref haussement d'épaules et descendit l'escalier.

Livy s'adossa de nouveau à son siège. Soudain, le vide de cette journée sans Mahalia lui apparut dans tout son éclat. Et voilà que ce garçon, qui avait monopolisé toutes les pensées et tous les rêves de son amie pendant si longtemps, lui avait dit qu'il ne se souvenait pas d'elle. Il n'avait même pas été capable de répéter son nom correctement.

– Excuse-moi, fit une voix par-dessus son épaule.

Elle se retourna, surprise.

Un garçon légèrement plus âgé, avec des cheveux châtains et bouclés et des yeux gris, lui souriait du siège derrière elle. Elle remarqua qu'il portait une veste gris clair qui n'était l'uniforme d'aucun collège des environs. L'emblème brodé sur la poche, discret, représentait une tour. Temple College, devina Livy. Celui qui était près de la rivière. Le plus ancien collège de Londres. C'était là qu'on envoyait les enfants riches ; riches et intelligents. Alors que faisait-il dans ce bus ?

– Ouais ? fit-elle, agacée.

– C'est à toi ? demanda-t-il en agitant quelque chose sous son nez, puis en l'ouvrant pour regarder la photo qui était dedans. Livy Burgess.

– Où est-ce que tu as trouvé ça ? tempêta-t-elle

Le garçon brandissait l'étui de sa carte de transport, couvert de portraits de stars de la pop que Mahalia et elle vénéraient.

– Par terre. Tu l'as fait tomber.

– Impossible !

– Pourquoi ça ?

Les grands yeux gris du garçon pétillaient d'amusement et les coins de sa bouche s'étiraient dans un sourire malicieux.

– Les choses finissent par terre quand on les fait tomber, non ? À moins que tu aies des talents cachés ?

Elle tapa sur la carte, qui tomba. Ils baissèrent les yeux tous les deux.

– La gravitation. Incroyable.

Le garçon haussa les épaules. Il ramassa la carte de transport et regarda les images qui décoraient l'étui.

– C'est des garçons ou des filles ?

– Des garçons ! Ça se voit ! protesta Livy en lui arrachant la carte des mains.

Elle lui tourna le dos, après lui avoir jeté un regard qu'elle espérait hautain, et remit soigneusement sa carte de transport dans la poche de sa veste. Elle appuya la joue contre la vitre fraîche pendant que la ville défilait autour d'elle : le ciel laiteux, le terrain de foot aux allures de jouet en plastique. Elle était certaine que Mahalia ne se serait pas laissé embarquer dans une conversation aussi ridicule. Elle aurait dit pile ce qu'il fallait pour remettre à sa place le garçon de Temple College.

Elle sentit derrière elle qu'il se levait.

– Je descends ici, lui dit-il comme si elle lui avait demandé ce qu'il faisait.

Pas de chance, c'était aussi son arrêt à elle.

Elle le vit du coin de l'œil. La belle veste en haut et, en bas, un short de foot, des jambes maculées de boue et des crampons dégoûtants. Il lui fit signe du haut de l'escalier. Agaçant ! Elle attendit qu'il ait terminé sa descente bruyante pour prendre son sac à dos et glisser un doigt sous la bretelle de son sac de sport.

Mais, une fois descendue sur le trottoir, Livy ne put s'empêcher de regarder des deux côtés pour voir dans quelle direction le garçon était parti. Elle le vit marcher dans le parc à longues enjambées élastiques, la tête penchée comme s'il tendait l'oreille pour écouter quelque chose. Elle attendit un peu : elle ne voulait pas avoir l'air de le suivre, parce que c'était son chemin pour rentrer chez elle, à elle aussi.

– Livy !

Sa mère, dont les longs cheveux noirs traînaient sur les épaules comme des algues, poussait son vieux vélo gigantesque d'un air déterminé au milieu des passants.

Elle avait souligné ses yeux d'un trait sombre et maquillé ses lèvres d'un rouge foncé. Avec cette allure très différente des autres, elle semblait venir d'un pays étranger où il était normal de porter des manteaux en fourrure blanche et des robes vintage en crêpe.

– Ce n'était pas la peine de venir me chercher au bus, maman ! grogna Livy en regardant autour d'elle pour s'assurer que personne ne l'avait vue. J'ai treize ans !

– Oh !

Prise en flagrant délit, sa mère cligna des yeux. Mais elle ne tarda pas à trouver une excuse :

– Je ne venais pas te chercher, en fait…

Elle se pencha vers Livy pour l'embrasser et la débarrasser de son sac de sport. Elle avait un parfum de rose, mais de rose enveloppée dans de la fourrure.

– … J'avais des courses à faire !

Elle montra fièrement le panier de son vélo, où s'entassaient des paquets de sucre et de farine, une boîte d'œufs et plusieurs tubes de glaçage prêt à l'emploi.

– Je n'ai pas besoin de gâteau, maman, marmonna-t-elle Je n'ai fait qu'aller au collège, tu te rappelles ? Comme tout le monde.

Sa mère se mit à pousser son vélo vers le parc sans rien dire. Mais Livy était habituée à ces silences chargés de questions sous-entendues : au lieu de l'interroger, sa mère essayait de chercher la réponse sur le visage de sa fille.

Elles longèrent la lisière du parc ; des rangées d'imposantes maisons londoniennes et de majestueux platanes entouraient la grande pelouse fatiguée où des chiens couraient après des bâtons en aboyant avec insouciance. Devant elles, Livy voyait encore le garçon à la veste gris clair. Où allait-il ?

Sa mère fit une nouvelle tentative :

– Ça ne t'a pas fait trop bizarre d'être de retour au collège ?

Livy secoua la tête. Pendant l'été, elle avait appris qu'il valait mieux répondre d'un sourire quand la vraie réponse était trop dure à dire.

Mais sa mère aussi avait appris des choses ces dernières semaines ; elle savait qu'en général, ce sourire n'était pas sincère. Aussi Livy prit-elle la précaution de se détourner.

Elle vit le garçon à la veste gris clair, une chaussette en tire-bouchon sur sa cheville boueuse, s'arrêter pour parler à un homme posté derrière une table de camping chargée de livres. Une sorte de vente caritative, supposa Livy. Sa mère, toujours aussi vigilante que d'habitude, avait suivi son regard.

– Tu veux t'acheter un livre ? demanda-t-elle avec espoir. Il a des poches super-bon marché sur son étal.

Elle pêcha quelques pièces dans son porte-monnaie et les tendit à Livy.

L'homme, mince et voûté, portait un épais costume trois pièces marron malgré le soleil d'automne qui illuminait les arbres de tons dorés. Il avait enfoncé un chapeau en tweed aux bords étroits sur son front. Livy devint nerveuse. Elle ne voulait pas s'approcher de cette table – et du garçon – et risquer de devoir entamer une nouvelle conversation.

– Salut, Rose !

Ravie, une femme aux cheveux couleur arc-en-ciel leva les mains en l'air.

– Janie !

La mère de Livy se pencha vers son amie pour lui faire la bise.

Livy aussi s'arrêta, soulagée que l'attention de sa mère soit détournée. Ainsi, elle pouvait observer le garçon. Penché au-dessus de la table, l'homme déplaça des ouvrages pour trouver celui qu'il cherchait et tendit un livre de poche. Il avait dû dire quelque chose de drôle, parce que Livy vit le garçon éclater de rire, la tête rejetée en arrière. Elle sourit aussi, elle n'avait pas pu s'en empêcher.

Oh ! Il s'en allait. Elle le vit faire un signe d'adieu et partir en courant sur la pelouse en direction de l'impressionnante rangée de maisons de la fin du XVIIIe et du début du XIXe siècle qui s'étirait de l'autre côté. Sa mère et son amie bavarde s'étaient remises à marcher, lentement. Livy les laissa prendre de l'avance pour regarder le garçon monter en sautillant les larges marches en pierre d'une maison avec une porte d'entrée grise, glisser une clé dans la serrure, ouvrir la porte avec le pied et la claquer derrière lui.

Elle était étrangement attirée par la table branlante. Elle fit un sourire timide au vendeur, qui lui sourit à son tour, ses yeux pétillants agrandis par des lunettes à monture d'écaille. Il fredonnait une petite mélodie pour lui-même et se mit à réorganiser ses piles de livres. Livy se demanda lequel il avait tendu au garçon ; sa collection semblait très hétéroclite et pas particulièrement intéressante. Il y avait un volume usé sur la bataille de Waterloo et un lexique de français corné à côté d'un dictionnaire de synonymes défraîchi. Ils semblaient tous crasseux.

– Vous ne trouvez pas ce que vous cherchez, mademoiselle ?

L'homme avait un regard chaleureux derrière ses lunettes. Il parlait d'une voix douce, avec l'élocution précise de quelqu'un qui a de l'éducation.

Livy s'écarta de la table et lui adressa un sourire d'excuse.

– Voulez-vous que je vous en conseille un ? Je les vends pour une bonne cause.

La main fine de l'homme s'arrêta au-dessus d'un gros livre.

– Que pensez-vous de celui-ci ?

Il désigna les visages souriants du boys-band de l'été précédent.

Livy secoua la tête, gênée.

– Ce n'est pas votre truc ?

L'homme hocha la tête comme s'il était d'accord avec elle.

– Et les cartes ? Une fille intelligente comme vous devrait savoir lire une carte ; c'est tellement enquiquinant de se perdre… Ou bien… Attendez une minute… je sais… si je le retrouve… Abracadabra !

Il dégagea un livre noir avec une silhouette de mouette blanche sur la couverture.

– Voilà qui est plus votre genre, dit-il. Je vois à votre tête que cela va vous fasciner. Elle est drôlement intelligente, cette mouette.

Il tapota l'ouvrage.

– Elle apprend des tas de choses en volant dans le ciel.

– Ah, mais…

– Cadeau, dit l'homme avec un sourire. C'est le livre qu'il vous faut, je le sais. Et j'ajoute ce *Guide des oiseaux des jardins d'Angleterre.*

– Je peux vous donner quelque chose, au moins ?

Livy lui tendit ses pièces.

L'homme les refusa.

– C'est une récompense suffisante de vous avoir trouvé le bon livre, dit-il. Le bon livre au bon moment, c'est un vrai médicament pour l'âme, ajouta-t-il d'un air préoccupé.

Aïe. Livy sentit ses yeux la picoter, comme si on lui avait soufflé de la fumée au visage. Était-il au courant ? Mais comment aurait-il pu l'être ? Elle n'avait parlé à personne des expériences étranges et perturbantes qu'elle avait vécues depuis la mort de Mahalia, pas même à sa psychologue, qui lui avait posé trop de questions à propos de ses sentiments au cours des semaines qui avaient suivi l'événement.

Sa mère, avait le dos tourné, elle discutait toujours avec son amie. Elle n'était qu'à quelques mètres et Livy aurait facilement pu l'appeler, mais cela lui paraissait impossible. Elle avait l'impression d'être dans une grande bulle de verre avec cet homme étrange et ses livres.

Soudain pressée de s'en aller, elle s'écarta de la table en fourrant laborieusement les volumes dans son sac à dos.

– À plus !

C'était la voix de sa mère, qui disait au revoir à son amie. Elle se retourna, l'air presque surprise de voir sa fille, et recommença à pousser son vélo.

– Eh bien, c'était drôlement intéressant, tout ça, dit-elle avant de parler du mari de quelqu'un.

Livy s'efforça d'écouter, mais elle ne put se retenir de jeter un coup d'œil par-dessus son épaule, comme si sa tête était attachée à un fil et que quelqu'un tirait dessus. L'homme souleva son chapeau dans un geste de courtoisie démodé.

– Tu as trouvé quelque chose ? lui demanda sa mère.

La jeune fille secoua la tête.

– C'était surtout de vieux trucs, marmonna-t-elle.

– Quand je suis passée devant tout à l'heure, il a essayé de me donner un livre sur une vieille mouette ! Il a dit qu'il me le céderait pour le prix d'un sourire… Ça va, Livy ? Tu es terriblement pâle, tout à coup.

– Très bien !

Elle sourit et inspira à fond. L'air était gris et lourd. Une bonne chose. Tout ce qui lui donnait une impression de normalité était une bonne chose. Elle ferma les yeux et s'exhorta à être aussi grise et lourde que l'air, au lieu de s'abandonner à la sensation de plus en plus familière que son corps ne pesait plus rien et pouvait s'élever dans le ciel en tourbillonnant comme de la fumée.

« Quand ta meilleure amie meurt, pensa-t-elle, tout le

monde s'attend à ce que tu sois triste… et tu l'es… mais personne ne te dit que tu risques d'éprouver d'autres sentiments plus perturbants, dont tu ne peux parler à personne. »

– Tu es sans doute juste fatiguée d'avoir repris le collège.

Sa mère s'efforçait de cacher son inquiétude, mais Livy nota qu'elle se mordillait l'intérieur de la lèvre, signe qu'elle était soucieuse.

Elle hocha la tête.

– Oui, juste fatiguée.

Elles passèrent devant l'église, regardèrent des mamans stressées emmener des enfants à la chorale ou au dessin. Des jumeaux en tenue de karaté lançaient leurs petits corps trapus dans des sauts de ninja et se donnaient des coups du tranchant de la main.

– Rappelle-moi que je dois passer chercher Tom, d'accord ? fit sa mère, qui s'adressait plus à elle-même qu'à sa fille. Je me suis organisée pour qu'il aille jouer chez Molly.

– Pour pouvoir faire tes courses ? la taquina Livy.

Sa mère s'esclaffa, renonçant à faire semblant.

– Oui, pour pouvoir faire mes courses.

Elle appuya son vélo contre la grille de leur petite maison étroite, à la porte d'entrée d'un rose de rouge à lèvres et aux encadrements de fenêtre bleu marine, et sortit la clé de son sac.

– Il y avait le garçon dont Mahalia était amoureuse, dans le bus, dit Livy.

Sa mère se retourna vers elle.

– Celui qui a une coiffure horrible ?

N'osant ouvrir la bouche, Livy acquiesça.

Sa mère secoua la tête.

– Qu'est-ce qu'elle lui trouvait ?

Avec un sourire triste, elle ajouta :

– Mahalia était une fille aussi bizarre qu'adorable. Je sais qu'elle te manque.

Pour éviter cette conversation-là, Livy lança :

– Je peux faire le gâteau ?

Sa mère parut légèrement surprise.

– Ça fait longtemps que tu n'as pas fait de gâteau. Depuis que Mahalia est tombée malade. Ton père sera ravi.

La porte était ouverte. Livy aperçut la trottinette de Tom, son petit frère, ses vieux rollers à elle et une montagne de manteaux sur le bout de la rampe. C'était, comme disait sa psychologue, une journée ordinaire. Sa mère hissa son vélo en haut des deux petites marches du perron mais, au lieu de le pousser dans la maison, elle s'arrêta brusquement sur le seuil et, d'un ton dégagé – il n'y avait vraiment aucune émotion dans sa voix –, elle dit :

– Ton père et moi aimerions te parler de quelque chose.

Elle avança son vélo dans le couloir et Livy entra derrière elle.

Livy lâcha son sac à dos par terre et, en l'envoyant d'un coup de pied sous le guéridon de l'entrée :

– De quoi ?

Elle avait parlé d'une voix neutre, mais elle avait des picotements à la nuque.

Sa mère appuya son vélo contre le radiateur du couloir sans répondre. Elle sortit les paquets de sucre et de farine du panier et les tendit à Livy.

– Occupe-toi du gâteau pendant que je vais chercher Tom, fit-elle en souriant. Ton père te dira ça quand il rentrera. Tout ira bien, je t'assure ! Tu n'as aucun souci à te faire.

Mais lorsque les adultes disent ça, il y a généralement toutes les raisons de s'en faire. Livy le savait bien.

2

– Waouh ! souffla Tom, son petit frère, en grimpant sur une chaise et en se penchant au-dessus de la table de la cuisine pour admirer le travail de Livy : des vagues en glaçage bleu clair couvertes de billes argentées, du sucre pailleté et des papillons en papier qui déployaient hardiment leurs ailes entre toutes les bougies d'anniversaire de la boîte.

– On n'a aucun souci à se faire, Tom, annonça Livy en souriant devant son air perplexe. Alors j'ai décidé de faire un gâteau des jours-sans-souci !

– Je peux poser ça sur le bleu ? demanda-t-il en la regardant, une trace de ketchup séché sur le menton.

Il ouvrit sa main pour montrer à sa sœur son précieux avion en plastique.

– Pas de problème ! s'esclaffa Livy.

Certains jours, pendant l'été, elle s'était sentie très seule. Et, contrairement à sa mère, qui prenait des airs soucieux et lui demandait comment elle allait, Tom se contentait de la serrer dans ses bras et de lui dire de ne pas être triste. Elle avait passé des heures à le regarder jouer avec son petit avion, et son adoration béate pour sa grande sœur la réconfortait toujours.

Tom leva le bras au-dessus de sa tête et imita les bruits d'un moteur en faisant atterrir son jouet. Il éteignit deux bougies et arracha une aile à l'un des papillons en papier, mais il avait l'air si heureux de voir son avion à demi enseveli dans le glaçage que Livy n'eut pas le cœur de protester.

– Maintenant, c'est un gâteau pour les garçons, papa pourra en manger sans mourir !

La porte d'entrée claqua et Tom s'écria :

– Papa !

Il plongea sous la table pour faire son numéro habituel : se cacher pour lui sauter dessus par surprise. Livy entendit ses parents rire, puis parler à voix basse. De toute évidence, ils discutaient de ce qui n'était « aucun souci ». Puis son père entra, avec ses cheveux hirsutes et son col de chemise qui dépassait de son vieux pull préféré, comme s'il n'avait rien fait de plus intéressant que passer la journée à lire dans le canapé. Il avait l'air… oui, il avait l'air normal. Que se passait-il ?

Tom bondit de sous la table, enserra les jambes de son père entre ses bras et hurla :

– T'es prisonnier !

Son père éclata de rire.

– Je me rends, comte Zacha !

Il souleva Tom dans les airs et lui ébouriffa les cheveux, puis se tourna vers Livy.

– Tout va bien ?

Son regard exprimait tant d'espoir qu'elle se força à sourire.

– Ouais.

– Superbe, ton gâteau !

Il s'affala sur une chaise de la cuisine avec son fardeau et, quand il fit mine de le lâcher par terre, Tom piailla d'excitation.

– Voilà ce que ça fait, de voler. Hein, Tom ?

Il reprit le garçon sur ses genoux et le serra contre lui.

« Non, je ne pense pas, songea Livy. Je pense que voler, ce serait bien plus effrayant que ça : personne ne serait là pour te rattraper. » Mais elle ne dit rien. Il valait mieux qu'elle garde pour elle ces idées bizarres, venues de nulle part, qui s'obstinaient à lui encombrer l'esprit.

– Alors ?

Sa mère coupa une grosse part de gâteau et la posa sur une de ses jolies assiettes à fleurs, qu'elle plaça devant son mari.

Tom planta un doigt dans la vague en glaçage et le suça.

– Ça a un goût de bleu, commenta-t-il, les yeux fermés.

– Eh ! protesta son père en riant. Voleur de gâteau !

– Ne change pas de sujet, dit sa femme en fronçant les sourcils. Il faut que tu annonces ta nouvelle à Livy.

Il se tourna vers sa fille avec un air plus grave.

– Eh bien, la nouvelle, c'est que… j'ai un nouveau boulot !

– Ah, fit Livy. Super.

Il n'y avait effectivement aucun souci à se faire.

– Mais ce n'est pas tout, intervint sa mère.

– Je suis sûre que c'est un super-boulot, déclara Livy en versant une cuillerée de sucre dans sa tasse à thé en verre.

Son père prit un air pensif.

– Je pense que ça va être un boulot super, oui. Et bien pour nous tous…

– James…, fit la mère de Livy sur le ton de l'avertissement.

Son père croqua un coin de sa part de gâteau et se pencha en avant sur sa chaise.

– Tu connais Temple College ?

Livy s'apprêtait à répondre : « Le collège où on porte une veste d'uniforme gris clair ? Celui qui est au bord de la Tamise ? Le plus ancien collège de Londres ? » Mais manifestement, son père n'attendait pas de réponse.

– Bien sûr que tu le connais. Eh bien, il y a environ un mois, j'ai reçu une lettre m'invitant à proposer ma candidature pour le poste de bibliothécaire. Et je viens de l'obtenir.

Livy jeta un coup d'œil à sa mère pour essayer de deviner comment elle était censée réagir. Était-ce donc ça, ce qui n'était « aucun souci » ?

– Et le mieux, ajouta sa mère en buvant une gorgée de thé, c'est qu'ils vont t'offrir une place, du coup.

– Si tu plais à la directrice, précisa son père d'un air soudain sérieux.

– Une place à Temple College ? Mais c'est tellement cher ! Il n'y a que les gosses de riches qui y vont.

Livy revit en pensée le garçon aux yeux rieurs quand sa carte de transport était tombée.

Son père secoua la tête.

– Pas pour toi, Livy. On n'est peut-être pas riches, nous, les Burgess, mais grâce à mon boulot, ils t'accorderont une bourse, alors ça ne nous coûtera pas grand-chose. Il faut juste que tu passes un petit entretien, dit-il comme si ce n'était pas plus difficile que manger du gâteau.

– Un entretien ? répéta-t-elle. Mais je ne peux pas. Tu sais bien que je ne peux pas.

– Pourquoi pas ?

Sa mère posa une main sur le bras de son père, comme pour le retenir d'insister. Mais ce geste mit Livy en colère.

– Parce que, reprit-elle en ravalant la boule qui lui nouait la gorge, parce que je ne saurais pas quoi dire. Et que je me sentirais stupide.

Elle repoussa son assiette de gâteau.

– Arrêtez de décider à ma place ce qui est le mieux pour moi et laissez-moi tranquille, tous les deux !

Le silence retomba. Ses parents se regardèrent, tâchant de trouver comment reprendre la conversation. Eh bien, elle ne les aiderait pas. Ils pouvaient se la garder, leur stupide école pour gosses de riches.

– Le truc, reprit sa mère, c'est que le nouveau boulot de papa va avec un nouveau logement. Nous nous installerons dans l'école de toute façon. Alors ce serait logique, au fond, non ?

Après une courte pause, elle ajouta :

– Tu pourras aller à l'école au saut du lit! Plus de bus à prendre, plus de trajets à pieds, rien. Tout sera super-facile!

– C'est une chance formidable pour toi, Livy…

Il y avait une note d'exaspération dans la voix de son père.

– … Et pour nous aussi. J'ai toujours rêvé de travailler dans une bibliothèque ancienne, qui possède une collection de livres rares et précieux! Bien sûr, nous allons devoir quitter cette maison et Tom devra changer d'école, mais ta mère et moi pensons que ça vaut le coup, pour que tu puisses repartir d'un bon pied après ce qui s'est passé cet été.

Livy avait l'impression d'être au bord d'un précipice et ne savait pas comment reculer.

– Je ne veux pas y aller, c'est tout, déclara-t-elle en se levant.

Livy était parfaitement immobile dans son lit. Il faisait noir et le silence régnait dans la maison. Elle ferma les yeux. Elle ne voulait pas voir les lourdes branches de l'arbre qui se dressait devant sa fenêtre, dehors, ni regarder les feuilles danser dans le vent.

– Une journée normale, répéta-t-elle tout bas comme si dire ces mots pouvait en faire une réalité.

Comme on jette un sort. Mais ce n'était pas une journée normale et, bien sûr, elle n'avait pas le pouvoir de changer ça. Cette journée avait échappé à son contrôle. Une foule d'images flottaient devant ses yeux: le garçon du bus, avec l'uniforme de Temple College; le gentil monsieur du parc avec ses vieux bouquins stupides (qu'elle avait jetés par terre quelque part dans la maison) ; son vertige, son essoufflement, les « étourdissements » qu'elle avait gardés secrets…

Ils avaient commencé pendant l'été, quand elle allait voir Mahalia à l'hôpital et que son amie ne pouvait plus rien faire d'autre que fixer l'écran de contrôle placé à côté de son lit. Livy faisait mine de ne pas le remarquer et s'efforçait de lui raconter ce qui s'était passé au collège. Mais elle avait l'impression de parler à quelqu'un de très lointain ; Mahalia ne réagissait pas et ses parents ne quittaient pas son chevet. Leucémie. Du grec *leukos* et *hemia*, avait-elle lu sur Internet. « Sang blanc. » Alors que le « bon sang normal », comme le sien, était rouge.

Livy était si chamboulée lorsqu'elle était revenue de l'hôpital la dernière fois qu'elle avait eu du mal à retrouver son souffle. Elle n'arrivait pas à faire entrer l'air assez vite dans ses poumons.

Et depuis que la mère de Mahalia avait téléphoné pour leur annoncer ce que sa mère à elle appelait « la plus triste des nouvelles », Livy éprouvait d'autres sensations plus inquiétantes encore, dont elle ne pouvait parler à personne. Comment expliquer que son sang à *elle* – qui n'était pas blanc, pas nocif, pas *altéré* – la démange et la soulève du sol ? Elle levait les yeux vers le ciel immense et vide, et elle sentait qu'elle aurait pu plonger dans ce bleu infini aussi facilement que dans une piscine.

Livy appuya ses jambes contre le matelas, tâchant de se rendre lourde, mais elle avait l'impression que son corps pouvait se dissiper comme de la fumée.

– Livy ?

La voix de sa mère.

Inutile de faire semblant de dormir, parce que cette dernière était déjà assise sur le bord de son lit.

– Pourquoi tu ne veux pas aller à Temple College ? C'est une chance en or pour une fille intelligente comme toi.

Les paroles de sa mère restèrent en suspension dans l'air.

Ses parents avaient pris l'habitude de lui parler comme si elle était spéciale. Ça faisait partie de leur plan pour la rendre plus sûre d'elle, devinait-elle. Mais ça avait l'effet inverse.

Si le garçon à la veste grise était un élève typique de cet établissement, elle aurait du mal à s'y faire des amis. Il semblait si posé, si sûr de lui, il n'avait aucune difficulté à parler à des gens qu'il ne connaissait pas, tandis qu'elle, son corps se comportait d'une façon si étrange qu'il y avait des jours où elle avait l'impression d'avoir été glissée dans la coquille trop étroite de quelqu'un d'autre, au réveil.

– Je ne suis pas le genre de fille qui va dans ce collège, murmura-t-elle.

– Mais tu ne peux pas le savoir, répliqua sa mère. Tu as un potentiel dont tu n'as pas idée.

Livy soupira.

– Il y a autre chose, reprit-elle.

– Quoi ?

Elle ne voulait pas en parler mais soudain, quand sa mère lui pressa le bras – geste rassurant –, elle ne put le garder plus longtemps pour elle :

– J'ai promis à Mahalia qu'on serait toujours amies et que personne ne prendrait jamais sa place. Je lui ai promis de ne pas la quitter.

Sa voix lui paraissait un peu bizarre et elle ne voulait surtout pas se mettre à pleurer.

– Et si elle revient au collège – je sais bien qu'elle ne peut pas, mais par moments, j'ai *besoin* de croire qu'elle pourrait –, il faut que j'y sois pour qu'elle ne soit pas seule.

Livy sentit les doigts de sa mère sur sa joue. Une caresse si légère qu'on aurait dit quelque chose entre une plume et un soupir.

– Mahalia est partie trop loin pour revenir, Livy, murmura-t-elle.

Elle déglutit avec peine. Au cours des dernières semaines, si difficiles, elle avait désespérément essayé de ne pas y croire.

– Et ton père et moi pensons que tu as fait tout ton possible pour elle. Tu as été une si bonne amie.

– Peut-être que j'ai compliqué les choses, fit Livy dans un souffle, la gorge sèche. Parce qu'elle ne voulait pas me quitter et me faire de la peine.

– Si on s'en fichait de quitter les gens qu'on aime, à quoi ça servirait d'être sur terre au départ ? finit par répondre sa mère. Il faut tenir à quelqu'un pour pouvoir lui dire au revoir sincèrement.

Livy ferma les yeux.

– Je sais que tu as peur, continua sa mère, mais il faut faire ce grand pas. Tu auras l'impression de sauter dans le vide, mais je suis là pour te soutenir, Livy. De même que ton père et le petit Tom, qui pense être le garçon le plus fort du monde. On va tous te soutenir.

– Promis ? souffla Livy.

– Promis, chuchota sa mère à son tour. Tu ne tomberas pas.

3

Livy « accepta ». Elle irait passer cet « entretien » avec la directrice de Temple College, Mrs Pernilla Smythe. Même si elle n'était pas vraiment d'accord, elle n'avait pas su faire comprendre à ses parents qu'elle ne voulait pas y aller. L'entretien aurait lieu un samedi matin, car Mrs Smythe était une « femme très occupée ». Si, toutefois, Temple College « ne plaisait pas » à Livy, bien qu'y entrer soit une « occasion en or », ses parents avaient « accepté » de « respecter son point de vue » et d'y « réfléchir ».

– Si ça ne te plaît vraiment, vraiment pas…, avait dit sa mère.

– Mais nous sommes certains que ça te plaira, l'avait interrompue son père.

– Nous n'allons pas te forcer à y aller, avait ajouté sa mère.

– Parce que nous ne sommes pas ce genre de parents, avait conclu son père avec un sourire qui se voulait rassurant. Nous sommes des parents modernes.

– C'est quoi, un en-tord-tiens ? demanda Tom en posant son avion sur l'épaule de Livy, tandis que leur père les conduisait à Temple College.

– Un entretien ? C'est quand quelqu'un te pose des questions pour voir s'il te trouve intéressant. Ou pas, grommela Livy.

Elle était mal à l'aise ; sa mère lui avait acheté une robe sombre et avait insisté pour qu'elle s'attache les cheveux, retire ses mitaines et échange ses boots contre des chaussures plates, ce qui avait failli causer une dispute.

– Cours d'histoire ! lança gaiement leur père.

– Pitié, papa, grogna Livy.

Tous les Londoniens connaissent Temple College ! annonça-t-il en se déportant sur la droite pour éviter un cycliste. Fondé en 1563. Mais connaissent-ils le nom de son premier directeur ?

– Euh… non, dit Livy.

L'humeur obstinément enjouée de son père l'énervait.

– Qui est-ce, James ?

Sa mère semblait réellement curieuse de le savoir.

– Il s'avère que c'était un certain Peter Burgess !

– Tu entends ça, Livy ? Imagine un peu !

Sa mère, assise à l'avant, se retourna et tendit le cou pour la regarder.

– Je parie qu'il n'est pas de notre famille, marmonna Livy.

Cependant, ce nom resta en suspens ; c'était comme s'il insistait pour que l'on continue de l'évoquer.

– Peut-être que si, déclara son père. Je n'en suis

pas sûr. Je pourrais peut-être faire des recherches à la bibliothèque pour le savoir ! Mrs Smythe semble penser que c'est un parent à nous.

– C'est lui qui a fait installer ces statues sur le toit ? demanda la mère de Livy, décidant visiblement d'ignorer la mauvaise humeur de sa fille. Ces anges bizarres ?

– On les appelle les Sentinelles, chérie. Personne ne les appelle « statues » ou « anges ». Et apparemment, Peter Burgess les a payées de sa poche. Avec son or à lui !

La mère de Livy inspira vivement.

– Il était riche ? Qu'est-ce qui s'est passé ? Tu n'as jamais eu un sou, toi !

– Je n'en ai pas besoin : je suis beau et intelligent !

– Papaaa, râla Livy.

Quelques minutes plus tard, ils étaient sur le trottoir et contemplaient la rangée de statues sur le toit de Temple College.

– C'est quelque chose, hein ?

– Ils peuvent voler ?

Tom avait la tête renversée en arrière.

– Non, chéri, s'esclaffa sa mère. Bien sûr que non.

Tom fronça les sourcils.

– Mais ils ont des ailes ! Des grandes ailes !

– Ils sont en pierre, patate, siffla Livy entre ses dents.

– C'huis pas une patate ! C'est toi, la grosse patate ! s'écria Tom.

– Les oisillons d'un même nid devraient tous être d'accord, dit leur mère en prenant son fils par la main.

Tom se dégagea et tira la langue à sa sœur d'un air de défi. Livy loucha, puis se détourna pour observer le toit.

Les Sentinelles avaient de magnifiques visages d'hommes encadrés de boucles sculptées, et une expression austère. La pierre avait été taillée de manière à tomber en drapé comme s'ils portaient de longues toges. Ils étaient tous différents, nota-t-elle. Certains avaient les ailes déployées et semblaient dressés sur la pointe des pieds, comme s'ils s'apprêtaient à décoller, tandis que les autres avaient la tête inclinée pour prier et les ailes repliées autour d'eux comme une cape.

Elle avait l'impression qu'ils la regardaient tous et attendaient qu'elle prenne la parole.

– Regardez ! C'est le comte Zacha !

Le doigt pointé, Tom se mit à sautiller.

– Voilà ce qui arrive quand on le laisse trop regarder la télévision, marmonna sa mère. Il est obsédé par ce personnage !

– Tu n'as qu'à lui dire qu'il n'existe pas, dit Livy.

– Quoi ? fit Tom, qui avait à moitié entendu.

– Oui, c'est ça. Gâchons-lui son enfance ! souffla sa mère.

– Oh, je le vois ! Il est sur le toit… tout au bout !

Tom agita frénétiquement la main pour saluer la Sentinelle la plus lointaine qui, contrairement aux autres, tournait le dos à la Tamise et faisait face à Temple College.

– Oh, il est parti. Il va revenir ?

– Bien sûr, Tommy, lui répondit Livy. Le comte Zacha va juste faire un petit tour en volant à toute vitesse. Il revient tout de suite.

Sa mère la fusilla du regard, montrant ainsi qu'au moins un membre de sa famille était sensible à l'ironie.

Ils franchirent une petite arcade dans la façade couleur d'os. Un carré de lumière se découpait devant eux, au bout d'une sorte de galerie. Une femme petite et ronde, avec des cheveux gris serrés en chignon, sortit par une porte dans le mur.

– Miss Lockwood, se présenta-t-elle en tendant la main aux parents de Livy. La secrétaire du collège. Je vous en prie. Venez par ici. Mrs Smythe vous attend.

Elle regarda Tom et poussa un soupir.

– Oh là là ! Nous devrions peut-être cacher ce petit-là. Mrs Smythe n'aime pas beaucoup…

Elle fit le geste de chasser Tom.

– … les microbes.

– Je vais bien le surveiller, assura la mère de Livy en prenant la main de son fils.

Miss Lockwood avait l'air dubitatif, mais elle les entraîna dans une cour, de l'autre côté de l'arche.

Ils étaient désormais entourés de murs en pierre grise et de rangées de fenêtres sombres. Des arches en pierre sans ornements et des portes ménagées dans des renfoncements apparaissaient à intervalles réguliers. Tout était ordonné, précis et cohérent sur le plan architectural. À part une tour étroite en brique et en silex de couleur claire qui semblait beaucoup plus ancienne que le reste des bâtiments. Le muret qui courait le long du toit était envahi de mauvaises herbes qui sortaient de la pierre, et toutes les fenêtres sauf une, près du sommet, étaient condamnées par des briques. Cette petite fenêtre sombre donnait à la tour un air désolé. La porte mouchetée de rivets métalliques, en bas, était scellée.

C'est sur le toit de cette tour que se dressait la Sentinelle la plus éloignée. Le visage tourné vers le ciel, elle semblait prête à s'envoler d'un instant à l'autre. Livy retint son souffle en imaginant la Sentinelle tendre les bras vers les nuages et secouer ses ailes immenses avant de sauter dans le vide et de s'élever avec des mouvements puissants, enfin libre après des siècles passés à attendre sur le toit de Temple College. Puis elle vit qu'une de ses ailes était cassée. Si la Sentinelle devait bouger, elle ne pourrait que tomber et atterrir en morceaux sur les pavés, en contrebas.

Cette image fit frémir Livy. Elle eut soudain envie de retourner vers la voiture en courant. Ses doigts la picotaient et elle sentit ses talons décoller des pavés. Elle s'efforça de respirer, de se faire aussi lourde que les Sentinelles. « La normalité, c'est bien », se répéta-t-elle. Mais depuis la mort de Mahalia, elle ne savait plus très bien ce qui était normal.

Une femme aux cheveux dorés se tenait au milieu de la cour. Elle marcha rapidement vers eux sur ses très hauts talons, dans son tailleur gris superbement coupé.

Livy soupira en pensant à l'impression qu'elle devait faire avec sa nouvelle robe peu flatteuse à l'ourlet trop large et au grand col. Sa mère l'avait jugée « délicieusement victorienne avec une touche de drame gothique ». Livy la trouvait horrible.

Son père lança :

– Mrs Smythe ! Nous voilà ! Merci de nous recevoir.

– Ils ont amené une personne supplémentaire, siffla Miss Lockwood entre ses dents. Qu'est-ce qu'on fait ?

Le visage ciselé de Mrs Smythe s'adoucit à peine lorsqu'elle avisa le petit Tom.

– Qui es-tu, toi ? lui demanda-t-elle.

– C'est Tom, dit le père de Livy.

– Tom ! répéta Mrs Smythe, comme si elle n'avait jamais entendu un son aussi intéressant.

– Je sais voler ! déclara le petit garçon avec hardiesse.

La directrice cligna des yeux, surprise, mais s'adressa à lui avec un grand sérieux :

– Le fondateur de Temple College, Peter Burgess, aurait aimé savoir comment tu fais, Tom. Il a passé la majeure partie de sa vie à essayer de comprendre la gravitation.

Elle regarda le père de Livy en haussant un sourcil.

– Quel garçon charmant, James.

Tom fixait la dame, fasciné.

– Vous connaissez le comte Zacha ?

Mrs Smythe fronça les sourcils.

– Je ne crois pas, Tom. Veux-tu me le dessiner ?

– Eh bien, c'est un vrai charmeur !

Miss Lockwood paraissait étonnée.

Livy se demanda si elle réussirait aussi bien que lui à charmer Mrs Smythe. Après s'être préparée des heures durant avec son père pour cet entretien, elle se doutait qu'il faudrait faire davantage que déclarer fièrement qu'elle savait voler et dessiner le comte Zacha.

Mrs Smythe s'adressa à ses parents :

– Ma secrétaire va vous servir un café pendant que je bavarde avec Livy.

– J'espérais jeter un nouveau coup d'œil à la bibliothèque, dit le père de Livy en se frottant les mains. Je meurs d'envie d'y retourner. Surtout pour les livres très anciens qui appartenaient à Peter Burgess. Je suis impatient de voir ce que vous avez !

Mrs Smythe sourit.

– Encore mieux !

Elle se tourna vers une porte, à l'autre bout de la cour.

– Viens, Livy. Ça ne prendra pas longtemps.

4

Livy concentra son attention sur les talons de Mrs Smythe, aussi longs et pointus que des aiguilles de seringue. Son père lui avait expliqué que Pernilla Smythe était une scientifique de haut niveau. Apparemment, elle avait remporté des prix, rédigé des articles sur la gravitation et dirigé un laboratoire à Prague tout en faisant des recherches sur des choses qui s'appelaient des « éléments super-lourds ». Ayant fait sa scolarité à Temple College, elle y était revenue récemment en tant que directrice, attirée par les trésors de documentation de la vaste et précieuse bibliothèque de l'école. Elle voulait voir si les travaux de l'un des savants de Temple College d'autrefois pouvaient l'intéresser.

– Ainsi mon travail de bibliothécaire sera très important, avait dit le père à sa fille.

Vu la description qu'il avait faite de la directrice, Livy avait imaginé une femme bien plus âgée, avec des cheveux gris et des vêtements démodés, alors que Pernilla Smythe était extraordinairement glamour, en réalité. Comment Livy pourrait-elle s'y prendre pour l'impressionner ? Elle venait seulement de commencer à étudier la classification périodique des éléments chimiques lorsqu'elle avait cessé d'aller en classe pendant si longtemps, et elle avait oublié le peu qu'elle avait appris.

Mrs Smythe disparut sous une arche à proximité de la tour. En franchissant la porte derrière elle, Livy la vit gravir avec une certaine hâte un monumental escalier de pierre.

Elle s'y élança à sa suite, montant les marches deux par deux pour essayer de la rattraper ; elle remarqua distraitement les diplômes accrochés au mur, dans des cadres. Ils étaient écrits dans diverses langues, avec des inscriptions en lettres d'or. Mais on retrouvait ces deux mots sur chacun d'eux : *Pernilla Smythe.*

On avait laissé une porte ouverte en haut de l'escalier. Livy s'arrêta sur le seuil d'un grand bureau plein de livres rangés sur des étagères. Elle ne savait pas trop ce qu'elle était censée faire.

– Entre !

Mrs Smythe lui fit signe d'avancer.

En pénétrant dans la pièce, Livy découvrit une fenêtre qui occupait toute la hauteur du mur, du sol au plafond, et semblait avoir été percée là pour encadrer la Sentinelle à l'aile cassée qui se dressait au sommet de cette tour étrange.

– Viens donc ! lança Mrs Smythe. Je ne peux pas te parler tout là-bas.

Livy ferma la porte derrière elle et se dirigea avec réticence vers la femme, qui s'était assise derrière un grand bureau en acajou couvert de piles de papiers bien ordonnées.

– Aïe !

Elle s'était cogné la jambe contre quelque chose et avait entendu un bruit de verre. En baissant les yeux, elle vit qu'elle avait heurté le coin d'une grande caisse dans laquelle plusieurs fioles reposaient sur un tas de paille dorée.

– Oh, je suis vraiment désolée !

– Ne t'inquiète pas, dit Mrs Smythe de son bureau. Tu ne t'es pas fait mal ?

Livy secoua la tête, même si son tibia la lançait.

– Espérons que rien n'est cassé. Cette caisse contient du matériel pour mon laboratoire, marmonna la directrice.

Elle fit signe à Livy de s'asseoir sur la chaise en face d'elle. Le gros bracelet en or garni de breloques, à son poignet, paraissait trop lourd pour son ossature délicate.

– Les fioles de cette qualité sont très difficiles à obtenir dans ce pays, j'ai dû me faire envoyer celles-ci de Prague. Je m'apprête à reprendre mes recherches sur une obscure théorie de la gravitation, et je suis certaine que ton père me sera d'une grande aide pour retrouver des manuels scientifiques qui se sont perdus dans les profondeurs de la bibliothèque.

Livy se laissa tomber sur la chaise.

– Tu es sûre que tu ne t'es pas fait mal ? demanda

Mrs Smythe avec une gentillesse teintée d'impatience. Tu es toute pâle.

Livy secoua de nouveau la tête. En vérité, son tibia douloureux lui était bien égal. Ce qui lui posait problème, c'était le ciel… Se trouver dans une pièce si haute avec une fenêtre si grande lui donnait le vertige. Peut-être que si elle se concentrait sur Mrs Smythe et évitait de regarder tout ce ciel, ainsi que la Sentinelle, elle pourrait s'enfermer dans son corps. Mais la fenêtre était entrouverte et un courant d'air lui chatouillait le cou. Livy sentait l'odeur des nuages et entendait les battements d'ailes d'un pigeon.

– Livy ?

– Oui ?

Elle avait parlé trop fort.

Mrs Smythe, dotée d'un regard aussi perçant que ses talons, avait suivi son regard.

– Certains jours, j'ai l'impression que la Sentinelle va dire quelque chose, dit-elle lentement. Elles sont plus vraies que nature, n'est-ce pas ?

« Pourquoi ne me parle-t-elle pas de chimie ? songea Livy. Ou de physique ? Les Sentinelles risquent plus de s'envoler que de parler. »

Elle soupira et se détourna pour ne plus voir la fenêtre.

En voyant l'air surpris de Mrs Smythe, elle comprit avec horreur qu'elle avait prononcé la dernière phrase tout haut au lieu de la penser tout bas. Elle enfonça ses ongles dans ses paumes et la douleur l'enhardit. Oh, qu'est-ce que ça pouvait faire, ce que Mrs Smythe pensait d'elle ?

Mais la directrice ne parut pas s'en offusquer.

– Très intéressante, cette remarque, fit-elle d'un air songeur. Savais-tu que certains érudits de Temple College croyaient avoir le pouvoir de faire bouger les Sentinelles ? Et même de les faire voler comme des anges ? Mais ils avaient des notions bien différentes des possibilités et des utilisations de la science, à l'époque. C'étaient des fadaises, tout ça, bien sûr.

– Personne ne pourrait faire bouger une statue de pierre. C'est ridicule ! dit Livy en secouant la tête, perplexe.

– Ce que pensent certains scientifiques pourrait te surprendre, Livy.

Un grand tableau à l'huile était accroché au-dessus du bureau, derrière la directrice. Il représentait un homme au visage pâle, vêtu d'une toge noire d'érudit. Il semblait regarder Livy à travers un nuage de fumée en attendant de voir ce qu'elle allait répondre. Dans le ciel peint au-dessus de sa tête, on voyait le soleil et la lune. L'homme tenait un sablier entre ses doigts blancs et maigres. Il venait manifestement de le retourner, car le sable n'avait pas encore atteint le fond. Et, dans le bas de cet étonnant portrait, Livy lut ces deux mots : « *Tempus fugit* ».

Mrs Smythe se tourna vers le tableau.

– Prends Peter Burgess, par exemple. Le fondateur de Temple College, en 1563. Un éminent scientifique. Qui est aussi l'un de tes ancêtres !

– Papa m'a dit qu'il était *peut-être* de notre famille, répondit Livy en observant ses yeux noirs, aux paupières tombantes, qui ne ressemblaient en rien à ses yeux à elle, couleur noisette. Mais je ne suis pas sûre d'y croire. Nous sommes assez pauvres, et papa m'a dit que Peter Burgess avait beaucoup d'argent.

Mrs Smythe eut un petit sourire.

– Il avait beaucoup d'or, c'est vrai. Il est devenu fabuleusement riche presque du jour au lendemain, mais il n'a jamais dit d'où venait sa fortune. Et il s'en est servi pour faire le bien autour de lui. Il collectionnait les livres rares et précieux, constituant ainsi à Temple College une bibliothèque inégalée. Il a choisi six garçons pauvres des paroisses de Londres et a financé lui-même leur éducation. Il les appelait ses « pupilles » ; tu verras leurs noms sur une plaque fixée à la façade du temple auquel notre école doit son nom. Et, juste avant de se retirer dans la Tour blanche où il a passé la fin de sa vie en ermite, il a payé un maître tailleur de pierre pour sculpter les sept Sentinelles qui gardent Temple College.

Livy fronça les sourcils.

– C'est étrange qu'il ait commandé sept Sentinelles, alors qu'il n'y avait que six garçons, continua Mrs Smith. Mais c'était peut-être moins cher de faire une statue que d'éduquer un enfant.

Elle avait les yeux pétillants de curiosité.

– Cet homme me fascine. Lorsque je travaillais à Prague, j'ai découvert pas mal de choses sur le mystérieux Peter Burgess. Comme pour beaucoup de savants de son époque, son travail scientifique était intimement lié à ses croyances religieuses. Il pensait que la force de gravité était apparue sur terre lorsqu'Adam et Ève avaient été chassés du jardin d'Éden pour avoir mangé une pomme de l'arbre de la connaissance. Ce péché avait, croyait-il, rendu leur sang plus lourd et ils étaient tombés sur la terre. Peter Burgess pensait qu'avant cette chute les hommes étaient immortels et pouvaient voler comme les anges.

Livy, sentant que son sang s'élevait dans ses veines, appuya ses talons contre le plancher. Le travail de maître Burgess ne paraissait pas tellement scientifique et pourtant, les propos de Mrs Smythe produisaient un drôle d'effet sur son corps.

– Peter Burgess est né près de cent ans avant Isaac Newton, qui, nous le savons, a découvert la gravitation. Pourtant, il a expliqué dans ses écrits que les objets tombaient sur le sol à cause d'une « force mortelle » invisible. Quel dommage qu'une si grande partie de son travail ait été perdue ! J'espère que ton père va m'aider à retrouver ses notes sur sa dernière expérience, soupira-t-elle. Le catalogue de la bibliothèque n'a pas été bien tenu à jour.

Livy observa le tableau aux couleurs sombres. Cet homme aux idées étranges et si peu scientifiques qui intéressait tant Mrs Smythe pouvait-il être un lointain parent à elle ?

– Penses-y, reprit la directrice à voix basse. C'est peut-être le sang du grand Peter Burgess qui coule dans tes veines…

Livy scruta ses mains, et les veines bleutées que l'on apercevait à travers sa peau claire.

– Que je sois de sa famille ou pas, ça ne change rien à ce

qu'il y a dans mes veines, dit-elle en pensant à Mahalia et à ses médecins, qui avaient espéré transformer son sang grâce à leurs puissants produits chimiques. Je suis sûre que ce qui y coule est la même chose chez tout le monde.

Elle plia les doigts pour en chasser les picotements.

– Peut-être, dit Mrs Smythe en considérant Livy d'un air pensif.

Elle feuilleta des papiers sur son bureau.

– Tu as raté beaucoup de cours récemment.

Livy regarda ses pieds.

– Mon amie…, commença-t-elle, mais Mrs Smythe l'interrompit.

– Néanmoins, même si tes résultats scolaires sont irréguliers du fait de ton absence de près d'un trimestre dans ton collège actuel, j'ai toutes les raisons de penser que ça vaut le coup de t'accorder la bourse qui va avec le nouveau poste de ton père. Je vais adresser une offre officielle à tes parents.

Mrs Smythe se leva et tendit la main.

Livy se leva à son tour et la serra. Elle était aussi froide et lisse que du métal poli.

– C'est tout ? demanda-t-elle, surprise d'être congédiée. L'entretien est terminé ?

Mrs Smythe acquiesça avec un léger sourire.

– Peter Burgess serait content que tu sois élève ici, je pense, se contenta-t-elle de répondre.

– Peut-être, fit Livy en jetant un coup d'œil au tableau.

Pourquoi la lune et le soleil étaient-ils dans le ciel en même temps ?

– Une dernière chose avant que tu partes.

Mrs Smythe s'était déjà rassise et consultait ses papiers.

– Ton frère, Tom. Quel âge a-t-il ?

– Tom ? répéta Livy, surprise. Il a quatre ans.

Mrs Smythe baissa la tête et griffonna rapidement quelques notes. Comme elle ne relevait pas le nez, Livy tourna les talons et quitta le bureau.

Elle descendit lentement l'escalier, en repassant devant les diplômes et autres certificats de la directrice. Elle était un peu déçue, tout à coup. Son père l'avait préparée à répondre à des questions sur ses études et ses matières préférées, mais Mrs Smythe ne s'y était pas intéressée. Pourtant, Livy avait obtenu sa place sans difficulté. Était-ce vraiment suffisant d'être vaguement apparentée à Peter Burgess ?

Elle déboucha dans la cour ; ses parents n'y étaient pas.

Elle s'arrêta devant une flaque d'eau où le ciel se reflétait, et s'approcha pour que les ailes d'ange qui s'y réfléchissaient semblent sortir de ses épaules à elle. Mais qu'est-ce qui flottait entre « ses » ailes ? Une forme mouvante faite de fumée ou d'ombre... Surprise, elle leva les yeux. Non. Là-haut, il n'y avait rien d'autre que la Sentinelle qui contemplait les nuages, et un oiseau qui tournoyait autour de sa superbe tête en pierre sculptée.

– Qu'en penses-tu ? demanda Livy à la Sentinelle. C'est une bonne idée que je vienne ici ?

Mais la seule personne dont elle aurait vraiment voulu connaître l'opinion, c'était Mahalia. Qu'aurait-elle dit, elle ? Si seulement Livy pouvait trouver un moyen de communiquer avec son amie, de lui dire où elle était, de lui demander son avis…

– Livy !

Elle se retourna. Ses parents traversaient vivement la cour. Tom dégagea sa main de celle de sa mère et courut vers elle.

– Comment ça s'est passé ? voulut savoir son père.

Sa mère la regardait avec espoir. Livy savait que Tom était déjà inscrit dans sa nouvelle école maternelle, que son père avait acheté un costume neuf pour ce qui était « le boulot de ses rêves », et que sa mère avait commencé à emballer leurs affaires dans des cartons et réservé le camion de déménagement. L'entrée de Livy à Temple College était la dernière pièce du puzzle qui serait leur nouvelle vie. Comment leur dire qu'elle avait des doutes ?

Mais, qu'elle le veuille ou non, sa vie était sur le point de changer.

Elle haussa les épaules.

– Mrs Smythe n'est pas affreusement déplaisante, je suppose.

Elle estimait qu'elle n'avait pas le choix : elle devait se résigner à son sort.

Son père lui donna une petite tape dans le dos.

– Bon esprit ! Allons visiter la nouvelle maison. Tu peux choisir ta chambre !

5

Pour gagner le logement du bibliothécaire, ils durent sortir de Temple College et tourner dans une petite rue latérale, bordée de hautes maisons étroites adossées à l'enceinte de l'école. « Leaden Lane », lut Livy sur une plaque de rue métallique à l'ancienne fixée sur la première habitation.

– Nous sommes au numéro sept ! annonça son père en sortant un gros trousseau de clés de sa poche. Cette bâtisse est très ancienne, Tom, dit-il en regardant la façade en brique sombre. Devine quel âge elle a.

– Quarante-trois ans ? suggéra-t-il.

– Elle a été construite en 1720. Ça lui fait presque trois cents ans !

Tom ferma les paupières de toutes ses forces.

– J'aime pas ça !

Lorsque son mari eut ouvert la porte d'entrée gris foncé, la mère de Livy plissa le nez.

– Elle a grand besoin d'être aérée.

D'énormes caisses leur bloquaient le passage.

– L'ancien bibliothécaire n'a pas emporté ses affaires avec lui quand il est parti? demanda-t-elle d'un air préoccupé. Tu avais dit que tout serait prêt pour nous lorsqu'on emménagerait.

Du bout du pied, son mari poussa des journaux chiffonnés dans un coin et ils enjambèrent un tas de courrier dans le couloir lambrissé, étroit et sombre.

– Oh ! James, fit la mère de Livy. Je ne le sens pas.

– On peut peindre les murs dans des couleurs plus vives, dit-il d'un ton enjoué. Nous ne sommes pas obligés de tout laisser dans ce gris sinistre.

– Si tu le dis, marmonna sa femme d'un ton dubitatif.

Elle prit Tom dans ses bras.

Le père de Livy ouvrit une porte et ils découvrirent tous en même temps un petit salon qui sentait le renfermé.

– Ne nous décourageons pas, dit-il alors que le découragement était précisément ce qu'ils ressentaient tous.

– Mais James ! soupira la mère de Livy.

– Pas de commentaire avant qu'on ait tout visité !

Livy choisit la chambre voisine de celle de Tom ; elle était légèrement plus grande et donnait sur le mur du parc de Temple College. Mais, alors qu'ils s'apprêtaient à redescendre au rez-de-chaussée (son père pressa la main de sa mère et chuchota : « Ça ira ? Ce n'est pas très grand mais ça a beaucoup de charme, il y a des volets dans toutes les chambres et toutes les cheminées fonctionnent »), Livy remarqua une porte étroite.

– On peut jeter un coup d'œil là-dedans ?

Sa mère éternua.

– Je crois que j'ai reniflé assez de poussière pour aujourd'hui. Ça peut attendre ?

Mais Livy était dévorée de curiosité. Elle sentait un léger courant d'air derrière la petite porte. Elle tourna la poignée et le battant s'ouvrit, révélant un escalier qui montait en pente raide.

Elle entendit Tom demander son nouvel avion, acheté la veille, et la réponse exaspérée de sa mère :

– Attends une minute !

Livy gravit les marches en courant.

Elle arriva dans une petite pièce mansardée : le toit descendait jusqu'au plancher sur deux côtés. Si elle écartait les bras, elle touchait presque les murs. Et il y régnait une odeur étrange. Piquante et métallique.

La fenêtre était ouverte. Elle s'avançait vers le ciel, de sorte que si on se tenait dans le petit cube de l'encadrement, on voyait sur la droite et sur la gauche. Un morceau de fil rouge s'était accroché au cadre et voletait dans la brise.

Livy entendit des pas dans l'escalier.

– On dirait une chambre de bonne, dit sa mère en arrivant, essoufflée. C'était sans doute la chambre d'une fille de ton âge engagée pour nettoyer toutes les cheminées et allumer les feux.

– Je peux avoir cette chambre ?

– Elle est beaucoup trop petite !

– Ça ne me dérange pas !

– Mais pourquoi veux-tu être ici ?

Livy regarda le ciel, dehors, et la Sentinelle qu'elle voyait par la fenêtre. Elle avait l'impression que cette chambre – cette vue – l'attendait.

– Tu devras te contenter des meubles qui sont ici, parce qu'on ne pourra rien monter d'autre en haut de cet escalier. Et c'est juste sous le toit ! Tu vas geler en hiver et rôtir en été.

– Ça m'est égal !

Livy caressa le motif du papier peint délavé : du lierre et des roses qui grimpaient sur un mur de pierre. On se serait cru dans une tour. La peinture s'écaillait et un fil à linge était tendu sous le plafond lambrissé. La jeune fille s'assit sur le lit étroit, en métal. Mahalia aurait aimé cette chambre, décida-t-elle. Un endroit idéal pour les grandes conversations.

Sa mère, répondant à l'appel de son père, redescendit vivement l'escalier.

Livy se retrouva seule.

Le silence se fit autour d'elle. Elle s'enhardit jusqu'à essayer le matelas mou et un peu bosselé, tapissé d'une housse à fleurs décolorée. En s'allongeant, elle sentit son estomac se nouer.

Elle glissa les mains sous sa tête et regarda la fenêtre remplie de ciel, les nuages aussi fins et blancs que de la fumée. D'ici, elle ne voyait qu'une seule Sentinelle.

« Bien sûr, pensa-t-elle, celle qui garde la Tour blanche délabrée de la cour. »

Le visage de la statue se détournait comme si elle venait d'entendre quelque chose et elle paraissait sur le qui-vive, prête à décoller.

« Mais non, pensa Livy. C'est idiot. Comment un bloc de pierre pourrait-il voler, même s'il semblait plus vrai que nature ? Il était difficile de distinguer s'il s'agissait d'un homme ou d'une femme, avec ces longs cheveux bouclés et cette grande toge bizarre. Papa me dirait que je ne suis pas censée y voir un ange, mais si une créature était capable de voler dans les cieux infinis, elle ressemblerait sûrement à ça. Peut-être que la Sentinelle va prendre son envol et rejoindre Mahalia, où qu'elle soit. »

Cette idée la réconforta. Il lui était insupportable d'imaginer son amie dans un endroit sombre, froid, lointain et silencieux, sans personne à qui parler. Mahalia et elle avaient adoré discuter – elles y passaient tout leur temps. Si seulement cette créature pouvait la rejoindre et lui dire… lui dire que Livy ne l'avait pas oubliée. Elle lui parlait toujours – ou du moins elle essayait. Si seulement Mahalia pouvait lui répondre !

En observant les ailes, elle vit – elle en était certaine ! – une des immenses plumes de pierre trembler dans le vent.

Livy lâcha un hoquet de stupeur.

La plume frissonna de nouveau.

Sans quitter la statue des yeux, la jeune fille se força à réfléchir de façon rationnelle.

– Je suis Livy Burgess, dit-elle à la Sentinelle. Et toi, tu es une statue. C'est impossible que les plumes de tes ailes puissent bouger.

Elle relâcha son attention. À présent, les plumes étaient immobiles.

– La pierre, c'est de la pierre, murmura-t-elle. Et le sang, c'est du sang, quels que soient tes ancêtres.

Mais ça n'avait pas été vrai pour Mahalia : son sang s'était mué en poison et l'avait tuée.

– Livyyyyyyyy ! J'ai le Guerri-Coptère du comte Zacha ! fit la voix de Tom, qui montait l'escalier avec fracas.

Lorsqu'il déboula dans la pièce et braqua une énormité en plastique coloré sous son nez, elle tourna la tête. Elle adressa un vague sourire à son petit frère radieux – et si vivant –, dont les doigts potelés serraient le jouet…

– Il vole ! s'écria-t-il, tout excité. Il a des épées et des ailes ! Lève-toi !

Tom la tira par le bras.

– Lève-toi ou je te tire dans la tête avec la Lame Empoisonnée du comte Zacha !

6

La veille de sa rentrée à Temple College, Livy étendit son uniforme sur la table de sa nouvelle chambre. La veste en laine gris clair, avec sa tour brodée sur la poche de poitrine, coûtait un prix si exorbitant que sa mère avait retenu sa respiration avant de tendre sa carte de crédit pour la payer. Elle avait insisté pour en acheter une trop grande, afin que sa fille ait la place de grandir dedans ; Livy allait être ridicule.

Elle était au lit ; il était déjà tard et on lui avait dit de bien se reposer, mais comment aurait-elle pu dormir ? Elle était trop agitée, ne serait-ce que pour fermer les yeux.

Sur l'étagère au-dessus du bureau, il y avait son petit stock de gommes en forme d'animaux, la pierre qu'elle avait peinte pour qu'elle ressemble à une souris et la boule à neige avec un château miniature sur une colline, que Mahalia lui avait donnée pour ses onze ans. Ses livres étaient rangés dans une petite bibliothèque et les affiches de stars de la pop coréenne avaient été punaisées au mur (et non, les garçons n'avaient pas des têtes de filles, se dit-elle en se rappelant le garçon du bus). Sa mère avait accroché des rideaux en soie pour sari ; ils tombaient devant la petite fenêtre comme une cascade chatoyante.

Elle prit une vieille boîte d'allumettes qui avait été glissée derrière la boule à neige. Elle ne l'avait pas ouverte, elle n'avait pas osé, depuis le jour où on lui avait annoncé qu'elle ne reverrait plus jamais Mahalia. En inspirant à fond, elle ouvrit la boîte et fit tomber le disque sale en métal marron dans sa main. Trois plumes au-dessus d'une couronne et les mots « TWO PENCE » le long du bord.

– Pourquoi veux-tu garder ça ? lui avait demandé sa mère en riant lorsqu'elle était montée emballer les affaires de Livy pour le déménagement.

Mais, en voyant la tête de sa fille, elle l'avait remise à sa place.

– Tu n'as qu'à stocker toutes les choses importantes pour toi dans le même carton afin qu'on ne les perde pas.

Les yeux fixés sur la pièce de monnaie, Livy revit Mahalia rigoler en la ramassant par terre.

– Un porte-bonheur, avait-elle dit en cherchant qui avait pu la perdre. Et regarde, c'est une pièce de deux pence, alors j'aurai deux fois plus de chance !

Mais Livy avait cru entendre « j'aurai deux mois de vacances » et ça les avait fait rire jusqu'à l'arrêt de bus.

Elle retomba sur son lit, sans cesser de contempler la pièce. Tant de choses avaient changé ces dernières semaines, et maintenant, il allait encore y avoir des changements.

– Ça n'ira pas, pensa-t-elle à voix haute. J'ai fait une erreur. Je ne pourrai jamais m'intégrer là-bas.

Pendant que ces mots flottaient devant elle, elle entendit un tapotement.

On aurait dit le bec d'un oiseau contre la fenêtre, mais il n'y avait pas d'oiseau sur le rebord. Le bruit recommença. Cette fois, il ressemblait plus à celui d'une cuillère contre un verre.

– Mahalia ? murmura-t-elle.

Le seul fait de prononcer son nom la fit vibrer d'excitation.

Elle se leva pour regarder par la fenêtre.

Rien que le ciel, les nuages et la Sentinelle. Un filet de fumée grise montait du toit de Temple College. Mais il n'y avait rien qui ait pu produire ce tapotement. Et surtout pas Mahalia. Évidemment. Comment aurait-il pu en être autrement ? Mahalia était ailleurs.

Le lendemain matin, elle fut réveillée par la voix de sa mère, qui lui criait de se dépêcher d'aller se brosser les dents. Elle s'était endormie si tard qu'elle avait la tête lourde. À peine réveillée, elle était épuisée. Elle enfila lentement son uniforme et descendit en chancelant à la cuisine.

– Prête pour ta rentrée ? lança son père, qui buvait son café debout près de l'évier, avec un sourire.

Livy haussa les épaules.

– Aussi prête que je peux l'être au moment d'entrer dans une école où je ne m'intégrerai jamais.

– Livy !

Sa mère avait l'air surprise.

– Nous en avons parlé et tu as dit que tu étais contente d'aller à Temple College.

Livy soupira. À quoi bon ? D'après ses souvenirs, ses parents lui avaient parlé d'entrer à Temple College et rabâché que c'était une super idée, mais elle, elle n'avait pas dit grand-chose.

– Tu veux que je t'accompagne ? proposa son père. Pour que tu n'aies pas à y aller toute seule ?

Tu veux que je débarque dans un nouveau collège avec mon père ? protesta Livy, les joues en feu. Ça ne te suffit pas que j'aie l'air ridicule avec cette stupide veste ?

Sa mère fronça légèrement les sourcils et se détourna.

– Je te trouve très bien avec ta veste, dit-elle.

– Sois toi-même, tout simplement, ajouta son père.

Livy grogna et sortit en claquant la porte derrière elle.

Quelques minutes plus tard, elle s'arrêta timidement dans le petit pavillon du gardien, juste devant l'entrée de la cour principale. Quelqu'un finirait forcément par venir et par la trouver si elle attendait ici. Sa veste toute neuve était trop lourde et raide comme du carton. Son nouveau pantalon d'uniforme la grattait. Son cœur battait la chamade. Elle ne pouvait pas s'en aller, il fallait qu'elle tienne le coup jusqu'à la fin de la journée, d'une façon ou d'une autre. Sans amie. « Sois toi-même, tout simplement », lui avait dit son père, comme si c'était une formule magique qui lui apporterait le bonheur et l'amitié. Mais qui était-elle ? Livy était de moins en moins sûre d'elle depuis la mort de Mahalia.

– Excusez-moi, souffla-t-elle au gardien assis derrière le bureau.

L'homme ne parut pas la remarquer. Il buvait du thé, les yeux fixés sur un petit écran où défilaient des images granuleuses, en noir et blanc, de divers coins du collège, qui lui étaient tous inconnus.

– C'est toi, Olivia Burgess ?

Livy observait si attentivement l'écran qu'elle n'avait pas remarqué l'arrivée d'une grande fille chargée d'une pile de classeurs.

– Oui, mais on m'appelle Li..., commença-t-elle.

La fille lui coupa la parole :

– Je suis Samira. Mr Bowen m'a envoyée te chercher ici.

– Mr Bowen ?

– Le surveillant de Burgess. C'est ta section. L'endroit où il y a ton casier et où tu vas pour l'appel. Toutes les sections de Temple College portent le nom d'un scientifique célèbre qui a fait ses études ici. Je suppose qu'ils ont trouvé ça marrant de te mettre dans la section Burgess. Moi, je suis dans la section Maskelyne. C'était un astronome.

Elle claqua des doigts et pivota sur ses talons.

– Vite, vite, dit-elle. On n'a pas beaucoup de temps.

Une cloche retentit, un carillon sonore qui fit trembler la cage thoracique de Livy. Le bruit déferla sur elles lorsqu'elles débarquèrent dans la cour.

– Ça s'appelle la cour des Sentinelles, ici, expliqua la fille. Je te laisse deviner pourquoi.

Elle regarda en l'air en haussant les sourcils.

Livy éprouva un vif désir d'être sur le toit, loin des appréhensions de la journée. Là-haut, pensa-t-elle, elle pourrait poser sa tête sur un nuage, s'étendre comme si elle était encore au lit et, d'une façon ou d'une autre, si elle se concentrait suffisamment fort pour se raccrocher à sa voix, parler avec Mahalia.

Dans la cour, des élèves portant la même veste qu'elle se tenaient par petits groupes ou marchaient hâtivement vers différentes portes. Ils semblaient tous discuter avec animation, leurs sacs à dos sur l'épaule ou posés par terre. Fourmillant de toutes ces voix et de cette agitation, Temple College semblait très différent de l'endroit désert qu'elle avait traversé avec Mrs Smythe. Un ballon de foot roula devant la fille aux classeurs. Sans ralentir son allure, elle tapa dedans avec force pour le renvoyer aux garçons, qui lui crièrent des remerciements.

– Tu vois cette porte ? La première sur la droite, au coin de la cour ? Entre là.

Samira s'éloigna, mais se retourna pour ajouter :

– Quelqu'un te verra. Sans doute.

Mal à l'aise, Livy se tenait devant « la première porte sur la droite ». Celle-ci était ouverte, mais la jeune fille pensait ne pas être censée entrer. Une fille petite et mince, avec des pommettes larges et de grands yeux violets, apparut à côté d'elle et l'observa de sous son épaisse frange brune.

– Il faut frapper à la porte, dit-elle. Mr Bowen est toujours tellement occupé qu'il ne te remarquera pas.

– Merci, répondit Livy.

Elle frappa. Rien ne se passa. La fille tendit le bras et donna deux grands coups sur la porte.

– Ça devrait marcher, comme ça.

Elle se détourna pour regarder le panneau d'affichage.

– Oui ! tonna une voix. Ne traîne pas dehors, entre !

Livy inspira à fond et pénétra dans un bureau encombré. Un monsieur chauve avec de grosses lunettes rondes était assis derrière une table couverte de cahiers et de copies.

– Qu'y a-t-il ? demanda-t-il sans lever le nez de la feuille qu'il couvrait de coches rouges.

– Je suis… Je suis…

L'homme leva les yeux et posa son stylo.

– Ah ! fit-il avec un sourire. Tu es Livy ! J'avais complètement oublié que tu faisais ta rentrée aujourd'hui.

Il recula sa chaise et appela :

– Célia ? Tu peux venir ?

Il retira ses lunettes et regarda la nouvelle venue en clignant des yeux.

– Je dois dire que ça fait plaisir d'accueillir enfin une vraie Burgess à Temple College, après… ça fait quoi ? Presque cinq cents ans ! Où Mrs Smythe t'a-t-elle trouvée ?

Livy haussa les épaules.

Songeur, Mr Bowen ajouta :

– Une vraie Burgess en chair et en os !

On frappa à la porte.

– Ah, Célia, soupira-t-il. Je ne pensais pas que tu mettrais si longtemps à venir, étant donné que je t'ai vue dehors il y a une seconde.

La fille qui examinait le panneau d'affichage considéra Livy avec curiosité.

– Je te présente Livy Burgess, reprit Mr Bowen. C'est son premier jour à Temple College.

– C'est la fille du nouveau bibliothécaire ? demanda Célia. Celle qui n'a pas eu besoin de passer l'examen d'entrée ?

Elle plaqua une main devant sa bouche.

– Comment sais-tu ça ? s'exclama Mr Bowen avant de secouer la tête. Bon, peu importe. Ça me rendrait service, Célia, que tu montres à Livy comment s'inscrire et où se trouve son casier ; veille à ce qu'elle se sente vraiment bienvenue à Temple College.

Une fois dehors, Célia s'apprêtait à dire quelque chose quand elle fut interrompue par deux filles qui coururent vers elle, le souffle court.

– On l'a vu, Célia, dit la première, une grande fille aux longs cheveux bruns attachés en queue-de-cheval sur le côté.

Sa jupe était courte, elle portait ses chaussettes remontées jusqu'aux genoux et sa bouche était d'un rouge et d'une brillance assez louches. Elle avait un grand sac à main sur l'épaule et brandissait son portable – le dernier modèle, remarqua Livy – pour montrer l'écran à Célia.

– Tu vois ? Je l'ai filmé !

Célia lui arracha son téléphone des mains en piaillant d'excitation.

– Joe ? Joe Molyns ?

– Tu as vu comme il court vite ? dit la deuxième fille.

Elle avait des cheveux blonds coupés en un carré bien net et des yeux bleu clair, avec des cils très longs et très noirs. Sa jupe à elle aussi était plutôt courte et sa veste semblait trop serrée. Mahalia l'aurait qualifiée de « fille à paillettes » et se serait tenue à distance.

– Il était super-en-retard pour quelque chose. C'est qui, ça ?

– C'est Livy, répondit vivement Célia. Une nouvelle.

Elle tendit le cou pour jeter un coup d'œil dans la cour, de l'autre côté de la porte vitrée.

– Je vois ça ! dit la blonde. Ils n'avaient pas de veste à sa taille ?

Elle ricana.

– Livy est très élégante, Amy, riposta Célia. Tout le monde ne customise pas son uniforme comme toi !

– Mais un pantalon, quand même…

La fille à la queue-de-cheval brune fit la grimace.

– Ne sois pas méchante, Martha ! gronda Célia. Elle ne peut pas tout savoir le premier jour !

Livy s'était juste dit que Mahalia et elle auraient préféré les pantalons. Célia l'entraîna dans le couloir, suivie de près par Amy et Martha.

– Viens, on doit faire enregistrer tes empreintes digitales.

– Pourquoi ? demanda Livy, affolée.

– C'est comme ça qu'ils font l'appel, à Temple College, expliqua Célia.

– Et on n'y passera pas trop de temps, ajouta Amy. Parce que si on se dépêche, on peut encore rattraper Joe Molyns.

7

Les quatre filles déposèrent leurs sacs dans la salle des casiers, enregistrèrent les empreintes digitales de Livy et traversèrent la cour des Sentinelles.

– Je ne le vois pas.

Célia tournait la tête de tous côtés, déçue.

– Peut-être qu'il est déjà dans le temple ?

– On l'aurait rattrapé si on n'avait pas été obligées de mettre si longtemps à s'enregistrer, marmonna Amy.

Livy s'apprêtait à répliquer, puis se rappela que Mahalia lui disait toujours de se taire quand les filles à paillettes l'attaquaient. « Tout ce qu'elles cherchent, c'est de l'attention, chuchotait-elle en éloignant Livy d'un incident potentiel. Ne leur donne pas ce qu'elles veulent. »

Célia, qui marchait devant avec Livy, ignora la remarque.

– Tu étais dans quel collège avant ? demanda-t-elle.

Livy lui répondit.

Célia secoua la tête.

– Jamais entendu parler.

– Ce n'est pas aussi connu que Temple College.

– Tu aimais bien ? demanda encore Célia.

Livy la regarda. Les yeux curieux et pétillants de sa nouvelle camarade étaient fixés sur elle. Elle repensa aux sols grinçants, aux fenêtres qui laissaient passer la pluie et aux couloirs pleins de courants d'air.

– C'était pas mal, dit-elle.

Puis elle s'en voulut d'avoir donné une réponse aussi fade.

– Bah ! l'école, c'est l'école, dit Célia en haussant les épaules.

– Sauf quand on est à Temple College ! les interrompit Amy. Mes parents n'auraient jamais accepté que j'aille ailleurs ! Et bien sûr, j'ai réussi *tous* les examens d'entrée pour *toutes* les meilleures écoles de Londres, alors j'ai pu choisir celle où j'irais.

– Tes amis vont te manquer ? questionna Célia.

Livy hocha la tête et marmonna :

– Je suppose.

– Qui te manquera le plus ?

Célia se pencha vers elle comme si elle pensait qu'elle s'apprêtait à lui confier un grand secret.

Livy déglutit. Elle avait l'impression d'avoir une énorme bille de verre coincée dans la gorge.

– Ma meilleure amie. Mais elle est partie, chuchota-t-elle. Au début de l'été. Alors je ne la vois plus trop.

– Je ne comprends rien à ce qu'elle dit, avec cet accent !

entendit-elle Martha chuchoter dans son dos. Et regarde son sac. C'est un sac à dos. Beurk !

Mais quand Livy se retourna, les deux filles lui sourirent.

– On disait juste qu'on *adore* ton sac ! dit Amy. Il est tellement nature !

– Vous saviez que le père de Livy est notre nouveau bibliothécaire ? lança Célia. Du coup, c'est presque une célébrité !

– Il fait partie des *profs* ? s'écria Amy, horrifiée. Tu es *boursière* ?

Livy haussa les épaules.

– Ça n'a aucune importance, Amy, intervint Célia. C'est juste intéressant que le père de Livy soit le nouveau bibliothécaire. D'autant plus que le dernier est parti super-brusquement !

Elle se pencha de nouveau vers Livy.

– Mrs Smythe l'a viré ! Espérons qu'il n'arrivera pas la même chose à ton père.

Elles étaient entrées dans un cloître ; une galerie couverte contournait un carré d'herbe vert émeraude et menait vers une grande porte.

– Est-ce que tout le monde aime bien Mrs Smythe ? demanda Livy.

– C'est un vrai boute-en-train, soupira Célia. (Puis elle s'illumina.) Mr Bowen a dit que tu étais une Burgess !

Elle observa Livy comme si elle pensait voir si elle avait raison rien qu'en regardant sa tête.

– C'est mon nom, répondit Livy. Mais je ne suis pas sûre que ça signifie grand-chose.

– Mais tu es de la famille de maître Burgess ? Le fondateur de Temple College ? Il y a une des sections qui porte ton nom !

Livy haussa les épaules.

– C'est ce que Mrs Smythe a l'air de croire.

– Et maintenant, tu débarques, dit Martha en claquant des doigts. Paf ! comme ça.

– Tu as forcément passé un examen, reprit Amy. Mes parents disent que tout le monde doit passer un examen. Temple College n'admet pas n'importe qui !

– Mais si c'est une descendante de Peter Burgess…, murmura Célia.

Livy ne sut pas quoi répondre. Maintenant, elles étaient dans la foule des élèves qui faisaient la queue pour franchir la grande porte – celle du temple dont l'école tirait son nom, supposa Livy. Célia lui expliqua qu'il n'avait pas été édifié en tant que lieu de culte, mais comme un endroit où les érudits fondateurs de l'école pourraient débattre leurs questions entre eux et présenter leurs articles scientifiques. Il ressemblait davantage à une cathédrale, avec ses arcs-boutants et ses vitraux, songea Livy. En tout cas, il n'y avait rien d'aussi impressionnant dans son ancien collège, où il n'y avait plus eu d'événements de ce genre depuis l'inondation du gymnase, cinq ans plus tôt.

– Histoire que tu sois prévenue, dit Célia, le rassemblement au temple est hyper-ennuyeux. Mrs Smythe va palabrer sans fin, mais évite de t'agiter, sinon tu auras droit à l'un de ses regards qui tuent et tu finiras en colle avec elle. Elle te fait nettoyer toutes les fioles sales du labo de chimie, c'est trop bizarre.

Une volée de cloches sonna au-dessus de leurs têtes.

– Ah, et pense à couper la sonnerie de ton téléphone, souffla Célia.

Livy s'exécuta, même si elle savait que personne ne risquait de lui envoyer de textos : en ce moment, elle n'avait pas d'amis.

La sonnerie des cloches céda la place à un seul carillon répété. Une foule entra derrière elles et une voix d'homme tonna :

– Que tous les Templiers s'asseyent.

Célia poussa Livy vers une rangée de chaises proche du fond et Livy leva les yeux vers les pendeloques en cristal d'un lustre suspendu à la haute voûte de pierre.

Un blond aux cheveux hirsutes, si maigre que le col de sa chemise paraissait beaucoup trop grand, apparut au bout de la rangée.

– Tu peux te décaler, s'il te plaît ? demanda-t-il à Livy. Les profs vont entrer.

Amy se pencha vers lui et lui fit signe de déguerpir.

– Non, Alex. Il n'y a pas de place pour toi ici.

– Amy ! insista le garçon d'un ton suppliant.

Puis il regarda Livy.

– Tu ne peux pas te décaler ?

À cet instant, les enseignants arrivèrent en file indienne par une entrée latérale, tous vêtus de longues toges de professeurs. Le garçon marmonna quelque chose entre ses dents et fila en quête d'une autre place.

– Bon débarras, fit Amy en souriant à Livy. Pas question de se payer *ce mec-là* à côté de nous.

Mais Livy était désolée pour lui. Elle aurait dû forcer les autres à se pousser.

En voyant les enseignants prendre place dans le temple, elle eut l'impression d'assister à une pièce de théâtre. Aucun des profs de son ancien collège ne portait de toge noire, il n'y avait pas de processions et encore moins de cloches à l'ancienne pour sonner au-dessus de leurs têtes. Elle avait l'étrange sensation de s'être trompée non seulement d'endroit, mais aussi d'époque. Personne ne se comportait ainsi dans le monde moderne, si ?

Dans un brouhaha de grincements de chaises et de bruits de toux, les élèves se levèrent ; Livy se hâta de suivre leur exemple. Au bout de la procession d'enseignants, elle aperçut Mrs Smythe, ses épaisses boucles blondes lui arrivant aux épaules. Le bruit de fond cessa aussitôt qu'elle passa devant les élèves pour gagner l'estrade surélevée. Les autres enseignants restèrent debout jusqu'à ce que Mrs Smythe se soit installée dans un grand fauteuil en bois sculpté.

– Bougez-vous ! fit une voix de garçon. Vite, sinon je vais devoir m'asseoir par terre !

Livy leva le nez, puis sentit qu'on lui tirait vivement le bras et se tourna vers Célia, qui avait les joues en feu.

– C'est Joe Molyns ! chuchota sa camarade en entraînant Livy vers la chaise suivante afin que le garçon puisse s'asseoir.

Martha et Amy, tout excitées, se mirent à chuchoter entre elles.

Le garçon ne parut pas remarquer les messes basses des filles ni le regard scrutateur de Livy.

– C'était moins une, dit-il. Mr Bowen a failli me choper à l'entrée du temple. J'ai couru !

Il regarda Livy en fronçant les sourcils.

– Je t'ai déjà vue quelque part, toi, non ?

– Non, intervint Célia, qui semblait avoir du mal à parler. Elle est nouvelle…

Mais Livy avait reconnu celui qui lui avait rendu sa carte de transport quand elle l'avait fait tomber dans le bus, et qui avait discuté avec le gentil monsieur qui vendait des livres dans le parc…

Elle fit comme Célia, qui baissa la tête pour se concentrer sur ses chaussures, mais elle sentit que le garçon l'observait de sous la mèche châtain ondulée qui lui tombait devant les yeux.

– Ça me reviendra d'ici une minute, murmura-t-il. Parce que je *sais* que je t'ai déjà vue.

Mrs Smythe avait commencé à parler, mais Livy, gênée, mit plusieurs secondes à s'apercevoir qu'elle ne comprenait rien à ce qu'elle disait.

– C'est du latin de Templiers, chuchota Célia.

Livy fut soulagée de ne pas être obligée d'écouter : de toute évidence, elle ne raterait pas grand-chose. En gardant la tête baissée, elle coula un regard vers le dénommé Joe Molyns.

Il contemplait le grand vitrail de la façade latérale du

temple. Livy leva les yeux à son tour et fut éblouie par les taches de lumière colorée. Elle trouva à la fois magnifique et troublante cette composition lumineuse. On y distinguait une tour qui ressemblait beaucoup à la Tour blanche du coin de la cour des Sentinelles sauf que, sur cette image, des rosiers rouges et blancs grimpaient le long des pierres pâles jusqu'au toit gris. Des symboles étaient disposés tout autour du vitrail : des triangles renversés, des croissants de lune, des cercles percés de flèches, d'autres roses qui semblaient couvertes d'un épais sang noir… Et au sommet de la tour, à la place de la Sentinelle en pierre avec une aile cassée, un garçon aux cheveux noirs s'avançait dans le vide pour monter sur un nuage.

La main tendue, touchant presque du bout des doigts un soleil et une lune en verre coloré, il regardait droit devant lui comme s'il ne savait pas où il était. Livy plissa les paupières pour lire l'inscription sous le pied du garçon : « *Tempus fugit* ». C'étaient les mots qu'elle avait vus sur le portrait de maître Burgess. Mais le sourire du garçon l'horrifia tellement que son pouls s'accéléra. Comment pouvait-il paraître aussi calme ? Ne voyait-il pas combien il était près de tomber ? Pensait-il vraiment que le nuage qui se trouvait juste sous son pied nu pourrait supporter son poids ?

Une silhouette noire passa derrière le garçon du vitrail, puis une autre, et la seconde d'après, le verre vola en éclats. Un oiseau était passé à travers.

Pendant une fraction de seconde, on aurait cru que le vitrail essayait de rester d'un seul tenant : le garçon demeura à sa place, au sommet de la tour, prêt à sauter dans le ciel – sauf qu'à présent c'était le vrai ciel que Livy voyait par le trou. Mais ensuite, le garçon se fissura et s'écroula à son tour, dans un bruit de verre brisé qui ressemblait à des rires de spectateurs. L'oiseau s'était accroché aux bords dentelés de la vitre cassée ; une plume tomba mollement au milieu des lourds morceaux de verre.

Quelqu'un cria.

Mrs Smythe lâcha son livre de latin des Templiers, qui tomba par terre avec fracas, et sa main vola vers sa bouche. Sous le choc, elle semblait incapable de réagir.

Mr Bowen se leva d'un bond.

– Restez calmes ! cria-t-il. Il n'y a rien à voir !

Mais apparemment, personne n'était d'accord avec lui : tout le monde tendit le cou et se pencha en avant pour mieux distinguer l'oiseau, qui essayait désespérément de reprendre son envol mais ne parvint qu'à tomber en battant frénétiquement des ailes. Il voleta devant le bas du vitrail, qui était encore intact, puis s'abattit lourdement au sol.

– Il est mort ! hurla quelqu'un.

– Merci, Nicholas, lança Mr Bowen. Toujours aussi perspicace.

Quelques élèves plus hardis s'esclaffèrent. Mr Bowen fronça les sourcils et frappa dans ses mains pour rétablir l'ordre.

– Silence, s'il vous plaît. Nous allons sortir calmement du temple, en commençant par les rangs les plus proches de la porte. Avancez sans vous arrêter et regardez droit devant vous. Il n'y a rien à voir !

– À part un immense vitrail en miettes, chuchota Joe.

Livy observa les bris de verre. Désormais, la fenêtre vide, dont une traînée rouge – du sang de pigeon – maculait les bords dentelés, n'encadrait plus que le ciel : des nuages d'un gris de plomb.

C'était tout ce qu'elle voyait à présent. Mais il y avait eu autre chose, non ? Elle avait vu deux ombres passer derrière le vitrail, comme si quelque chose de plus grand que l'oiseau l'avait poursuivi jusqu'à sa collision avec le vitrail.

Livy se détourna pour s'en aller, pendant que les autres élèves continuaient à murmurer et à tâcher de scruter l'endroit où le pauvre oiseau était tombé. Elle jeta un nouveau coup d'œil aux enseignants. Mrs Smythe regardait fixement le vitrail cassé et le ciel nuageux derrière. Elle était blême de surprise. Ou de colère.

– Ta première matinée aura été bien agitée, Livy, commenta Amy alors qu'elles quittaient le temple.

– Espérons que ce n'est pas de mauvais augure, ajouta Martha d'une voix mielleuse.

8

– Waouh !

– Génial !

– Vous avez vu quand il s'est éclaté contre cette colonne ?

– Pouf ! J'ai cru qu'il allait exploser !

– Il avait l'air terrifié !

– Mais non ! Étourdi, plutôt.

Elles étaient dehors, et les voix tourbillonnaient autour d'elles.

Livy repéra Joe Molyns qui riait avec un groupe de copains, à quelques mètres d'elles.

– J'étais hyper-en-retard, disait-il. Bowen a failli me choper !

Amy saisit le bras de Célia et tira sur sa veste, tout excitée.

– Le voilà ! Oh, Célia. Vous êtes faits l'un pour l'autre !

– J'ai pris de nouvelles photos.

Martha avait discrètement tourné son téléphone vers le garçon.

Célia le regardait en battant des cils. Mais il ne remarqua rien.

– Pourquoi tu ne lui as rien dit, Célia ? demanda Amy.

Bien que sa question paraisse innocente, Livy nota qu'elle avait échangé un regard complice avec Martha.

– Ça m'a coupé la chique, marmonna Célia.

Puis elle soupira :

– Il est trop beau, voilà !

Mrs Smythe passa devant elles en trombe, suivie d'un groupe d'enseignants à la mine sombre. Livy entendit l'un d'eux gémir :

– Plus de quatre cents ans.

– D'une valeur inestimable, ajouta un autre.

– Offert à l'école par maître Burgess en personne !

– Impossible de restaurer une œuvre pareille.

Livy et les autres récupérèrent leurs sacs dans leurs casiers, près du bureau de Mr Bowen, et traversèrent la cour des Sentinelles pour gagner les laboratoires de sciences.

Livy aurait aimé parler de ce qu'elle avait vu avant que l'oiseau percute le vitrail, mais Amy et Martha discutaient avec Célia en se passant leurs portables. Encore des photos de Joe Molyns, sans doute.

Des flots d'élèves entraient et sortaient par les portes, mais il y en avait une que personne n'utilisait : la porte scellée ménagée dans la tour en silex et en brique sur laquelle la Sentinelle à l'aile cassée montait la garde. Livy avait beau la scruter sans arrêt depuis leur emménagement dans la maison de Leaden Lane, elle n'avait jamais revu ses plumes bouger comme le jour de son entretien.

Quand elles arrivèrent à proximité de la porte de la tour, Livy frémit. Il y avait une inscription gravée dans le linteau de pierre.

– Qu'est-ce que ça veut dire : « tempus fugit » ? demanda-t-elle.

Elle repensa au sombre portrait de maître Burgess, qu'elle avait eu sous les yeux quand Mrs Smythe lui avait parlé de ses idées saugrenues sur cette étrange « force mortelle », le poids du sang qui aurait introduit la force de gravité dans le monde. Et au garçon du vitrail cassé qui tendait le pied comme pour enjamber ces mots. Qu'elle retrouvait maintenant gravés au-dessus de la porte de cette tour. Qu'est-ce qui reliait ces inscriptions entre elles ?

– Tu ne faisais pas de latin dans ton ancien collège ? fit Martha.

Célia lui jeta un regard désapprobateur. Martha fit une grimace désolée.

– Ça veut dire « le temps s'enfuit ». Bref, « le temps passe vite », expliqua Célia. Manifestement, celui qui a écrit ça sur la Tour blanche n'a jamais enduré deux heures de maths à Temple College !

– Mais tu es tellement bonne en maths, Célia, commenta Amy. Tu as été la première de la classe au dernier contrôle.

– Première ex-aequo, rectifia Célia. Avec Alex.

– Alex est teeeeeellement barbant, commenta Amy avec une grimace. Il n'arrête pas de me regarder.

Elle prit un air hautain.

– Il peut toujours rêver !

Elles jouèrent des coudes pour traverser un flot d'élèves qui descendaient un grand escalier de chêne dans un coin de l'école que Livy avait déjà oublié comment rejoindre. Des visages peints la regardaient du haut de leurs portraits dans de lourds cadres dorés, et chacun d'entre eux semblait se moquer d'elle. « Peut-être que ces érudits d'antan avaient raison », pensa Livy en baissant les yeux. De quel droit était-elle ici ? Tous ceux qu'elle croisait paraissaient si sûrs d'eux. Elle se sentait perdue.

Tandis qu'elles s'installaient dans la salle de classe, Amy glissa à Célia :

– S'il te plaît, s'il te plaît, s'il te plaît, assieds-toi à côté de moi. Tu sais que je vais avoir besoin de ton aide.

– Et Livy ? dit Célia.

– Elle n'a qu'à se mettre à côté de Martha, décida Amy en la tirant vers la chaise voisine de la sienne.

– Ça ne te dérange pas ? demanda Célia à Livy d'un air soucieux.

Livy secoua la tête et se décala vers une chaise du rang de derrière.

Martha ne s'assit pas tout de suite. Livy la vit parcourir la salle du regard.

– En fait, je ferais mieux d'aller à côté de Francesca,

marmonna-t-elle avant de se glisser sur une autre chaise, laissant Livy toute seule.

Les joues en feu, celle-ci sortit son plumier cabossé et le posa devant elle sur la table.

– Je peux m'asseoir ici ?

Le blond maigre et pâle aux cheveux hirsutes avec lequel Amy avait été si impolie dans le temple se tenait à côté de la chaise libre.

– Bien sûr, dit Livy.

– T'es qui ?

Le garçon poussa son sac sous la table. Elle n'arrivait pas à savoir d'où venait son accent.

Amy se retourna.

– Elle s'appelle Livy Burgess.

– Burgess ?

Le garçon avait l'air surpris.

– Elle est nouvelle, Alex. Pas la peine de te faire des films.

Il rougit à son tour et Livy en fut désolée pour lui. Il sortit son manuel de son sac.

– Il vient de Moscou, annonça Amy en ricanant. Il est arrivé *premier* à l'examen d'entrée.

Elle se retourna vers Célia et chuchota :

– Non pas que ça compense tout le reste !

Célia lui donna un coup de coude dans les côtes.

Le garçon ignora Livy, travaillant frénétiquement sur les équations que le prof notait au tableau. Livy les recopia dans le cahier qu'on lui avait donné, mais n'avait aucune idée de la marche à suivre pour tenter de les résoudre.

Soudain, le stylo d'Alex s'immobilisa au-dessus de son cahier à elle.

– Tu dois d'abord calculer ce qui est entre parenthèses, marmonna-t-il.

Quand la cloche sonna pour signaler la fin de l'heure, le garçon fourra hâtivement ses affaires dans son sac, puis s'arrêta, hésitant.

– Tu es une *vraie* Burgess ?

Livy haussa les épaules.

– C'est possible.

L'air troublé, Alex quitta vite la salle.

– J'ai dit quelque chose qui l'a choqué ? demanda Livy.

– Ne le prends pas personnellement, il est plutôt solitaire, expliqua Célia.

Amy accrocha son gros sac de marque, visiblement très cher, sur son épaule.

– C'est un plouc, déclara-t-elle.

Les cours passèrent en un éclair, dans un tourbillon de salles et de couloirs interminables. Livy ne savait pas où aller ; à chaque changement de salle, elle veilla à rester près de Célia.

Malgré tout, elle avait réussi, songea-t-elle lorsque la dernière sonnerie retentit. Elle avait survécu à une journée entière. Et il ne s'était rien passé de trop horrible. Elle devrait rester prudente avec Martha et Amy, mais Célia semblait capable de les canaliser. Ou de les ignorer. Ce qui revenait au même.

Livy regagnait la salle des casiers, quand Mr Bowen lui demanda de passer dans son bureau.

– Tu as réussi à trouver tes repères ? lui demanda-t-il gentiment. C'est assez facile de se perdre à Temple College.

Elle acquiesça.

– Célia s'est occupée de toi ?

– Oui, Mr Bowen, répondit Livy.

C'est ainsi qu'on s'adressait aux adultes ici.

– Temple College est un peu différent de la plupart des écoles ; nous avons notre propre façon de faire. Mais je suis sûr que tu vas bien t'intégrer.

Il lui sourit.

– Célia va prendre soin de toi. N'écoute pas trop les bêtises des deux autres, c'est tout.

Quand Livy arriva dans la salle des casiers, elle entendit la voix d'Amy :

– On est *obligées* de le lui proposer, Célia ?

– Mais elle est nouvelle, Amy. Imagine ce que ça te ferait d'entrer dans un collège inconnu où tu ne connais personne. Je pense que ce serait gentil de l'inviter. En plus, elle a l'air très sympa.

– Mais on l'a traînée avec nous toute la journée, ajouta Martha. *S'il te plaît*, ne l'emmenons pas manger une glace avec nous ! Elle va nous fiche la honte. Tu as vu son portable ? Il date de la préhistoire !

– Chut !

En levant la tête, Amy avait remarqué Livy.

Célia rougit, mal à l'aise, mais lui fit un grand sourire.

– On va manger une glace. Tu veux venir ?

Livy regarda Martha et Amy, qui se tenaient derrière Célia. Elles ne souriaient pas.

– Je… Je vais rentrer, si ça ne vous gêne pas.

Martha l'approuva d'un hochement de tête. Amy pinça les lèvres dans un mince sourire de triomphe.

– Tu es sûre ? demanda Célia.

– À demain, lança Martha d'une voix forte en tournant le dos à Livy pour ranger un livre dans son casier.

– Ouais.

Livy accrocha son sac à dos sur son épaule.

En quittant la salle des casiers, elle entendit Martha siffler :

– J'ai cru qu'elle ne partirait jamais !

Mais la réponse de Célia fut encore pire :

– Elle me fait de la peine. Elle a l'air un peu perdue.

9

Livy glissa sa clé dans la serrure.

– Ton goûter t'attend sur la table de la cuisine…, dit sa mère de l'étage. Je suis en train d'accrocher les rideaux. Tu veux bien aller chercher Tom à l'école pour moi dans dix minutes ? Je les ai appelés pour les prévenir de ton arrivée…

Le goûter était un gros beignet sucré. Rien qu'à le regarder, Livy en eut mal aux dents. Elle n'avait pas le cœur à manger quoi que ce soit après sa journée de classe.

– Comment ça s'est passé ? lança de nouveau sa mère. Tu t'es fait des amis ?

Comme si on pouvait se faire des amis en un jour ! Ça lui avait pris presque toute sa vie de devenir amie avec Mahalia.

– Je ne sais pas combien de fois je vais devoir le répéter, marmonna Livy pour elle-même avec une grimace d'embarras en se rappelant Célia, Martha et Amy lorsqu'elles parlaient d'elle dans la salle des casiers. Je n'ai pas besoin d'amis.

Elle ferma la porte de la maison derrière elle et courut vers le bout de la rue. La nouvelle école maternelle de Tom n'était pas loin ; Livy devait gagner l'église, de l'autre côté du rond-point, et frapper à la porte verte.

« Un peu perdue. » Voilà ce qu'elles pensaient d'elle. Dire qu'elle devait retourner au collège et tout recommencer le lendemain ! Mais c'était vrai. Elle était perdue. Ou plutôt, elle était… dans un entre-deux. Elle ne pouvait pas retourner dans son ancien collège et le nouveau ne semblait pas prêt à l'accueillir. Pas comme il fallait, en tout cas.

Livy trouva l'école maternelle ; la porte était tapissée de dessins d'enfants, d'empreintes de mains et de découpages. Une grande feuille était collée au milieu de la foule de couleurs et de formes : « Ici, on joue ». En dessous, il y avait plusieurs essais d'écriture. Certains étaient juste des ronds bizarres ou des croix avec des points et des gribouillis. Tom avait écrit très proprement, mais à l'envers.

– J'ai eu un ballooooon ! cria-t-il en se précipitant vers les genoux de Livy.

L'assistante de la maîtresse le regarda en souriant et lui ébouriffa les cheveux.

– Tu es la sœur de Tom ? demanda-t-elle à Livy. C'est chouette. Tom est adorable.

Elle s'agenouilla pour se mettre à la hauteur du petit garçon.

– Voici ton ballon pour te féliciter d'avoir été si sage pour ton premier jour. N'oublie pas ce que je t'ai dit : tiens-le bien fort par la ficelle !

Il hocha gravement la tête, les yeux écarquillés.

– Tu veux que je te le prenne ? proposa Livy. Jusqu'à ce qu'on arrive à la maison ?

– Non. Non. Non.

Tom leva les yeux vers elle.

– C'est mon ballon, c'est moi qui le garde.

Voyant que l'assistante fronçait les sourcils, il ajouta :

– Merci.

Dehors, Tom marcha lentement, le bras tendu pour tenir son ballon devant lui.

– Tiens-le bien, dit Livy.

– C'est pas toi le chef !

C'était inutile de lui donner des conseils. Elle devrait juste le surveiller si elle voulait qu'il rapporte son cher ballon sans incident. Mais elle était si concentrée dessus qu'elle faillit trébucher sur le trottoir.

– Bonjour !

En levant le nez, elle vit un homme de petite taille qui portait un manteau marron informe sur un costume à rayures brunes. Il était coiffé d'un chapeau de tweed assez usé et transportait des livres dans un sac en plastique miteux. Elle fut frappée par son élégance, même si ses vêtements étaient sérieusement élimés.

– C'est vous ! s'écria Livy. Le monsieur du parc !

Elle était très heureuse de voir un visage ami après cette journée difficile.

L'homme hocha la tête et sourit.

– Alan Hopkins. À votre service.

Le visage amaigri et grisâtre, il avait beaucoup changé depuis la dernière fois dans le parc, et il toussait. Mais il avait toujours les yeux pétillants.

Tom lança d'une voix forte :

– Maman m'a interdit de parler à des inconnus !

L'homme fit mine de se désoler.

– Oh, je sais. Vous avez totalement raison. Mais nous ne sommes pas tout à fait des inconnus. Je vous ai donné mon nom.

– C'est qui, ce monsieur ? l'interrompit Tom. Pourquoi il nous parle ? Je ne le connais pas.

Livy et Mr Hopkins s'esclaffèrent. Soudain, l'homme pencha la tête, l'air préoccupé.

– Mais dites donc, voilà que vous portez l'uniforme des pupilles de Temple College !

– C'est Livy Burgess, intervint Tom. C'est pas une pupille. Et moi, je suis Thomas Burgess.

– Ah, je vois, fit l'homme avec solennité. Vous avez lu le livre que je vous ai donné, Miss Burgess ?

Livy grimaça.

– Pas encore, admit-elle.

Non seulement elle ne l'avait pas lu mais, en plus, elle ne savait pas où elle l'avait fourré. Il y avait encore des dizaines de cartons à déballer depuis le déménagement. Tom, pressé de partir, la tira par la main.

– Eh bien, quand vous le lirez, considérez-le comme un message de la part d'un ami lointain.

Livy hocha la tête. Une fois de plus, elle eut l'impression rassurante qu'il savait tout de sa journée et de son sentiment d'être perdue.

– On a tous besoin d'un ami, Miss Burgess, lui dit l'homme en soulevant son chapeau. Au revoir.

En s'éloignant, Livy serra la main de Tom dans la sienne. « Je n'ai pas besoin d'amis », songea-t-elle de nouveau.

Tom donna des coups de poing dans le vide avec son ballon au bout de sa ficelle et rit en le voyant tressauter de tous les côtés.

– Je pourrais enrouler la ficelle autour de ton poignet, proposa Livy.

– C'est *mon* ballon, dit Tom. Pas le tien. Je vais le tenir bien fort. Comme ça… Oh !

Il avait ouvert sa main tachée de peinture pour la refermer plus solidement autour de la ficelle et, dans cette fraction de seconde, le ballon s'était envolé. Tom leva le nez vers le ciel.

– Mon ballon ! s'écria-t-il. T'en va pas !

Il dégagea sa main de celle de Livy et courut après en sautillant, mais le ballon était déjà loin au-dessus de sa tête.

– Oh, Tom !

Elle partit à sa poursuite.

– Pourquoi il s'est envolé ? gémit-il.

Livy le prit dans ses bras et il enfouit sa tête bouclée contre son épaule.

– C'est *mon* ballon et il s'est envolé. Pourquoi je ne peux pas l'attraper ? se lamenta-t-il, au bord des larmes. Je le voudrais *tellement* !

10

D'un pas lourd, Livy monta lentement l'escalier qui menait à sa chambre en pensant à tous les devoirs qu'il lui faudrait essayer de faire. Contrairement à ceux de son ancien collège, les profs de Temple College ne semblaient pas faire d'exception pour elle : on ne lui accorderait pas le temps de trouver ses repères, elle devait déjà travailler au même rythme, effréné, que les autres. Elle se sentit soudain épuisée et terriblement seule. À qui pouvait-elle parler ?

Elle sortit son portable. Qui datait de la préhistoire, d'après Martha – mais elle ne voulait pas en changer ; il y avait des photos d'elle et de Mahalia dedans, et elle n'avait toujours pas effacé son numéro. Elle fit défiler les noms de la liste jusqu'à celui de son amie. Que lui aurait-elle raconté sur sa journée ? Elle appuya sur le bouton vert et entendit le numéro se composer. Elle connaissait par cœur le message du répondeur de Mahalia, mais elle eut quand même un drôle de petit frisson lorsqu'elle entendit la voix de son amie :

– *Salut, c'est Mahalia ! Laissez-moi un message et je vous rappellerai !*

Ensuite, il y avait un silence, puis Mahalia gloussait avant d'ajouter :

– *Ciao !*

Livy s'affala sur son lit. Elle resta immobile un moment, les yeux fixés sur le plafond, avant de se tourner sur le flanc.

Par terre, à côté de son lit, sa mère avait posé un carton de livres qui avait dû être porté dans la mauvaise chambre, dans le chaos du déménagement. Livy repéra le livre que Mr Hopkins lui avait donné.

« Considère-le comme un message de la part d'un ami lointain. »

C'était drôlement bizarre qu'il ait dit ça. Toutefois, elle avait l'impression que cet homme comprenait qu'elle avait désespérément besoin d'un message de ce genre.

Elle sortit le livre du carton et passa un doigt sur la silhouette de mouette. Ce livre pouvait-il vraiment la réconforter ?

Elle lut la première page et soupira. Non, c'était juste une étrange histoire de mouette. C'était un vieux bouquin nul, sans rien de spécial. Impossible qu'il l'aide à traverser cette période de grands changements dans sa vie.

Elle aperçut du mouvement du coin de l'œil. Quelque chose passa devant la fenêtre, trop lentement pour que ce soit un oiseau. Elle leva les yeux et entrevit une tache rouge dans le ciel du crépuscule juste avant qu'elle disparaisse de son champ de vision.

Le ballon de Tom !

Livy reposa le livre, sauta de son lit et ouvrit la fenêtre. La fraîcheur de l'air du soir la saisit à la gorge et lui donna le vertige. Elle avança la tête dans la pénombre, mais ne vit pas le ballon. Le cœur battant, elle tira sa chaise jusqu'à la fenêtre, grimpa dessus et se pencha dehors.

Projecteurs, Sentinelles et nuages entassés très haut attendaient comme un public. Mais quoi ? En passant les jambes par-dessus le rebord et en pivotant le torse pour trouver une prise sur l'encadrement de la fenêtre, elle eut l'extraordinaire sensation d'être en apesanteur, comme si, à condition de finir de s'extraire de sa chambre par la fenêtre, elle continuerait son chemin jusqu'au toit en pente, sur le côté.

Oui. Elle pouvait se hisser sur ses jambes, se servir du rebord de la fenêtre pour retrouver son équilibre, puis grimper rapidement sur le toit. Et maintenant... Oh ! voilà qu'elle se cramponnait aux cheminées ! Avec une vue imprenable sur la cour des Sentinelles. Elle voyait le vitrail brisé du temple.

– Wooooouh ! cria-t-elle vers le ciel.

Elle lâcha les cheminées et leva les bras comme des ailes.

– Je suis une Sentinelle !

Elle s'esclaffa. C'était une sensation si étrange, ce bouillonnement d'air dans sa poitrine. Elle n'avait pas ressenti cela depuis tellement longtemps – depuis l'époque où elle pouvait encore rire avec Mahalia en discutant de la façon dont elle dirait à ce garçon aux cheveux noirs hérissés que c'était « le bon ».

Mais elle n'avait jamais eu l'occasion de le lui dire.

Livy retrouva le ballon. Il rebondissait sur le toit de Temple College en direction de la Sentinelle qui montait la garde sur la tour. La Tour blanche.

Une bourrasque lui jeta les cheveux dans la figure. La seconde d'après, le vent balaya l'arête du toit et souffla sur le ballon, qui s'éleva lentement et resta en suspension à un ou deux mètres des tuiles.

Livy avait deux possibilités : elle pouvait redescendre dans sa chambre ou marcher sur les toits de ces petites maisons étroites jusqu'à l'endroit où ils rejoignaient le mur d'enceinte de Temple College. Elle parcourut les toits du regard. Cela ne serait pas si difficile...

Elle entendait des sirènes hurlantes et le grondement assourdi de la circulation londonienne. L'air était glacial à présent. Elle souffla sur ses doigts. Ils la picotaient comme lorsqu'elle était arrivée à Temple College pour son entretien.

Elle observa le ballon. Si elle devait y aller, il fallait le faire tout de suite, car, d'ici quelques secondes, il s'envolerait au-dessus de la cour des Sentinelles en direction du temple.

Elle se mit à courir ; elle n'eut pas besoin de regarder où elle allait ni de tâtonner pour tester la solidité des tuiles sous ses pieds. Elle n'eut qu'à fendre l'air comme si elle était la lame d'une épée.

Le ballon était devant elle, arrêté par les plis d'une aile taillée dans la pierre.

Sans s'en apercevoir, Livy avait couru vers la Sentinelle et se trouvait maintenant sur le toit de la Tour blanche. Il était plat et recouvert de plomb ; sous ses pieds, elle sentait le relief du métal à l'endroit où deux plaques se chevauchaient. Le disque de métal terne était entouré d'une rigole peu profonde et d'un muret haut de trois briques. Elle jeta un coup d'œil vers la fenêtre ouverte de sa chambre, derrière elle, et fut prise par le vertige. Comment était-elle arrivée jusqu'ici aussi vite ?

Elle tendit la main vers la silhouette de pierre pour se tenir et toucha le bord de l'aile cassée.

– Qui t'a fait ça ? demanda Livy à l'impassible visage sculpté. Tu ne peux pas voler, du coup ?

De si près, la Sentinelle paraissait beaucoup plus grande que vue du sol, et même du bureau de Mrs Smythe. Livy songea qu'elle aurait facilement pu s'asseoir sous ce qui restait de son aile cassée. Elle s'agrippa à l'une des plumes et se hissa de l'autre côté pour étudier le visage.

– Désolée, murmura-t-elle. Je ne voulais pas te bousculer.

Elle n'aurait su dire pourquoi elle lui parlait, mais elle avait le sentiment qu'il ne fallait pas traiter la Sentinelle comme une vulgaire tuile du toit et lui marcher dessus sans vergogne. Bien sûr, c'était une statue, se rappela Livy, mais son visage avait quelque chose de si vivant qu'elle n'arrivait pas à se convaincre que c'était juste de la pierre.

– Tu devrais être en vie, murmura-t-elle.

Sans réfléchir, elle se haussa sur la pointe des pieds et leva la main pour caresser la belle joue de pierre de la Sentinelle. Elle crut la voir frémir à son contact.

Et malgré la fraîcheur de l'air nocturne, la pierre était tiède comme de la peau.

En sentant la chaleur de la Sentinelle, Livy s'aperçut qu'elle avait froid, elle. Elle se blottit sous son aile et se tourna vers la Tamise, de l'autre côté, pour voir ce que voyait ce guetteur de pierre. Comment vivait-il le fait d'avoir constamment la tête tournée dans la direction du soleil couchant ? Si elle avait été taillée dans de la pierre, elle aussi, sentirait-elle la chaleur du soleil en été ? Le gel, en hiver, gercerait-il ses lèvres sculptées ? Elle frissonna. L'air était de plus en plus glacial. Elle s'adossa contre la toge de pierre de la Sentinelle et sentit aussitôt le froid quitter ses épaules.

Une lumière nébuleuse venue de la berge transformait les arbres en sucettes brillantes. Livy appuya sa tête sur le vêtement plissé de la Sentinelle. Elle avait l'impression d'entendre des choses d'une telle importance qu'il fallait écouter très attentivement.

« Il est temps… » Voilà ce que lui disait la statue, elle en était sûre. Et elle avait le sentiment que ces mots flottaient ici depuis des siècles.

– Bien sûr, chuchota-t-elle.

Elle se remit debout, fit quelques pas et grimpa sur le muret qui entourait le toit de la tour.

Les briques étaient à peine assez larges pour ses pieds ; en avançant les orteils, elle repensa à l'été où son père lui avait appris à plonger. Ils étaient assis au bord de la piscine. Il lui avait dit de lever les bras et de se pencher en avant pour que sa tête arrive à la hauteur de ses genoux. Puis il lui avait donné une petite tape délicate dans le dos et elle avait glissé dans l'eau fraîche. Elle se rappelait encore son frisson ravi lorsqu'elle s'était rendu compte que c'était trop tard et qu'elle ne pouvait plus arrêter son plongeon.

C'était si simple. Elle sentait le bâtiment sous ses pieds, immense et solide, mais pas plus consistant que l'air – c'était du moins la sensation qu'elle avait en cet instant.

« Oui. »

Voilà ce que lui disait la Sentinelle – parce que c'était la Sentinelle qui lui parlait, Livy en était certaine. Elle leva les yeux vers son visage impassible, au grand front et à la bouche charnue, expressive. Sous les paupières mi-closes, ses grands yeux de pierre regardaient fixement droit devant eux, et du lichen poussait sur ses pommettes saillantes. Sa bouche ne formait pas de mots, bien sûr ; les lèvres étaient immobiles. Mais ce que Livy entendait, au fond des méandres de son esprit, c'était tout de même une langue. C'était le son des ailes qui battent, le souffle de l'air dans les poumons.

Elle inspira pour faire entrer la nuit au fond de sa poitrine et sentit que l'air n'était pas retenu dans ses poumons, mais diffusé dans chaque partie de son être. Elle sentit que le poids de son corps se délayait et qu'elle se fondait avec l'air.

Oserait-elle ?

Elle reposa un pied sur le rebord, puis l'autre, et se stabilisa en se redressant. Puis elle avança une jambe dans le vide, comme si un pont était apparu devant elle. Avec un sourire, Livy repensa au garçon du vitrail et à ses inquiétudes à elle, alors qu'il paraissait si serein. Ce qu'elle avait été bête ! Bien sûr qu'il était heureux, ce garçon perché au sommet de la tour ; il n'avait qu'un pas à faire et l'air le porterait. Elle aussi, elle allait s'avancer dans le vide et sentir l'air se solidifier sous ses pas.

Elle se tourna vers la Sentinelle. L'homme paraissait si noble, si courageux, si posé. Il semblait vivant et léger, bien que taillé dans la pierre.

L'air s'étirait depuis le sol, tout en bas. Livy le sentit monter le long de son corps, l'envelopper et la traverser. Il s'épaissit et elle sut qu'elle pouvait s'appuyer dessus, se pencher encore davantage vers l'avant. Elle avait l'impression de se dissoudre. D'être plus légère qu'une plume et, en même temps, de faire partie de l'atmosphère. Cette sensation fit palpiter le sang dans ses veines.

– Je n'ai pas besoin d'ailes ni de nuages où poser les pieds, dit-elle en riant.

Elle tendit les bras devant elle, inspira une dernière fois et s'avança, les yeux fermés.

11

Livy regarda vers le bas. Grosse erreur. Son pied droit flottait, loin au-dessus des pavés de la cour. Elle avait avancé la jambe et sentait que l'air la portait. Non ? Et pourtant elle était là, et une fraction de seconde après, il aurait été trop tard pour reculer !

En suspension, telle une marionnette tenue par un seul fil, elle sentait comme un effondrement sous elle.

Elle entendait le bruit de sa respiration, irrégulière, comme si elle n'arrivait pas à faire entrer l'air assez vite dans ses poumons. Et il avait un goût de métal brûlé. Elle en avait les larmes aux yeux.

Elle poussa un cri lorsqu'elle sentit quelque chose la tirer brutalement par le bras.

Mais que faisait-elle donc ?

Elle tomba du muret pour s'affaler sur le plomb gris du toit.

La lune la contemplait avec un mépris serein.

Un vent sournois s'était levé et, soudain glacée, Livy se mit à claquer des dents. Elle n'arrivait pas à s'en empêcher. Elle se traîna sur le toit et se pressa contre la toge de pierre de la Sentinelle pour se réchauffer, en vain. Elle avait l'impression d'être en déséquilibre, comme si elle était revenue à ce moment où elle s'était trop penchée vers l'avant et s'était crue condamnée à tomber.

– Qu'est-ce qui m'a pris ? se demanda-t-elle tout haut, en soufflant dans ses mains pour essayer de les réchauffer.

Elle se leva et tapa des pieds. Elle ferait mieux de s'en aller. Elle n'aurait jamais dû s'aventurer là. Livy contourna délicatement la Sentinelle, enjamba le parapet et sauta sur le mur d'enceinte de Temple College. Ce passage-là était facile, parce que le mur était large. Mais lorsqu'elle arriva à l'endroit où il fallait sauter sur les toits des petites maisons de la rue de derrière, bien que sa fenêtre ouverte soit en vue, elle se figea. Comment s'était-elle débrouillée pour grimper jusqu'ici ? Et comment faire pour redescendre ? Livy laissa pendre ses jambes dans le vide et, prudente, chercha les tuiles d'en dessous en tâtonnant du bout des pieds. Une fois sur le faîte du toit, elle prit son temps pour s'avancer centimètre après centimètre, les bras écartés comme une funambule. Elle se cramponnait à toutes les cheminées qu'elle rencontrait, osant à peine les lâcher pour continuer son chemin.

Mais le pire fut de descendre jusqu'à sa chambre. Elle devait se laisser glisser sur le toit, puis s'accrocher au rebord de sa fenêtre pour éviter de tomber dans la rue, en contrebas.

Elle s'assit, agrippée à une cheminée, et se demanda s'il ne valait pas mieux attendre le lendemain matin dans le froid, puis crier à quelqu'un dans la rue de l'aider. Mais elle leva le nez et garda les yeux fixés sur la lune pendant que ses pieds guidaient sa glissade.

Elle faillit lâcher prise, mais se rattrapa juste à temps.

Quelques heures plus tard, Livy se réveilla en sursaut. Elle agitait les bras comme si elle tombait. La lumière grise du matin inondait sa chambre minuscule. Elle n'était pas en train de tomber, elle était allongée dans son lit.

– Livyyy ! Livyyy ! Réveille-toi. Il faut que tu regardes ça avec tes yeux !

– Non, Tom, grogna-t-elle en enfouissant sa tête sous son oreiller. Laisse-moi tranquille. Je dors.

– Mais il faut que tu voies ça !

Livy sentit un poids se déplacer sur ses jambes et son ventre, et les petites mains tièdes de Tom se pressèrent sur son visage pour essayer de la forcer à ouvrir les paupières.

– Va-t'en, petit casse-pieds ! tempêta-t-elle. Je ne veux rien voir ! Je veux dormir !

Il s'assit sur le torse de sa sœur, qui eut d'autant plus de mal à respirer.

Elle ouvrit un œil.

– Quoi ?

– Mon ballon !

Tom était fou de joie. Il tenait la ficelle de son ballon dans sa main. Il tira dessus et le ballon tressauta.

– Où est-ce que tu as trouvé ça ?

Elle fit mine d'être étonnée alors que, de toute évidence, leur mère lui avait tout simplement acheté un autre ballon pendant qu'il dormait.

– Il était dehors.

Elle fronça les sourcils lorsqu'elle vit que quelqu'un avait attaché un petit caillou au bout de la ficelle.

Elle se força à parler à Tom.

– Il était sur le rebord de ta fenêtre ?

Le petit garçon hocha lentement la tête.

– Quand tu t'es réveillé ?

L'air grave, Tom ouvrait des yeux ronds comme des boutons.

– Mais qui a bien pu faire ça ?

– Maman dit qu'elle ne sait pas. Alors c'est sans doute le comte Zacha. Il fait des tas de trucs magiques en secret, déclara-t-il d'un ton docte. C'est mon ami et il m'avait promis qu'il retrouverait mon ballon.

– C'est drôlement gentil de sa part, murmura Livy.

Au pied de l'escalier, son père tonna :

– Livy ! Debout !

Tom tira une fois de plus sur son ballon.

– Tu dois te lever. J'ai entendu papa le dire à maman aussi.

– Eh bien, bouge-toi de là, alors, imbécile !

Livy repoussa son petit frère.

Tom descendit du lit en tirant délicatement son ballon derrière lui.

– Livy ! Tu es levée ?

La voix de sa mère, à présent.

La tête lourde, Livy se redressa péniblement pour s'asseoir. Au même instant, le livre avec une mouette sur la couverture tomba sur le plancher. Elle le ramassa et le posa sur sa table de chevet. Elle aurait bien aimé rester au lit pour le lire, bien qu'il eût l'air nul. Même *Les Aventures du comte Zacha* lui semblaient plus attrayantes que l'obligation de retourner à Temple College, où elle se sentait si bête et complètement perdue.

– Livy !

Elle saisit son uniforme et s'efforça de chasser l'impression qu'elle était toujours sur le toit. Mais lorsqu'elle enfila son pantalon, elle constata qu'elle s'était écorché les genoux. Elle se rappela qu'en escaladant les tuiles du toit pour courir vers le ballon, elle avait eu l'impression d'être de plus en plus légère à chaque foulée.

Elle remonta ses chaussettes de la veille sur ses chevilles, ferma juste deux boutons de son chemisier et fourra ses pieds dans ses chaussures. Une fois de plus, elle se sentait lourde, pas à sa place, sans autre perspective qu'une interminable journée de classe. Elle n'avait pas du tout le sentiment de ressembler aux autres élèves, plus sûrs d'eux et plus accomplis – de vrais génies ! Elle imagina Célia montant dans une belle voiture ; Amy sirotant un *smoothie* fraîchement préparé par sa bonne, et Martha en train de se coiffer devant un majestueux miroir doré, pendant qu'un majordome lui présentait des brosses et des peignes sur un plateau d'argent. Ensuite, elle vit Joe Molyns descendre en sautillant les marches de sa grande maison et courir vers l'arrêt de bus. Ils étaient tous sûrs d'eux, en accord avec eux-mêmes, alors que Livy, en pleine confusion, ne savait plus qui elle était. Elle décrocha son sac à dos – « tellement nature ! » – du dossier de sa chaise et descendit avec réticence. Le dénommé Alex, en revanche, celui qui l'avait aidée à faire ses maths, elle ne le voyait pas du tout sortir d'une grande maison. C'était peut-être la véritable raison pour laquelle Amy et Martha étaient si méchantes avec lui.

– *Tempus fugit*, tu parles, dit-elle pour elle-même en pensant à la longue journée solitaire qui l'attendait.

Si seulement c'était vrai !

12

Livy ferma la porte de la maison, mais ne tourna pas tout de suite à l'angle de Temple College. Du perron, elle leva les yeux vers les toits des maisons de la ruelle étroite et parcourut du regard le trajet qu'elle avait dû suivre la nuit précédente, passant d'un groupe de cheminées à l'autre jusqu'aux ailes de la statue de pierre au visage orienté vers la cour des Sentinelles. Cela paraissait impossible qu'elle ait réussi sans faire une chute mortelle. C'était trop haut et trop étroit pour que quiconque puisse passer. Mais, en tirant cette conclusion, elle se rappela à quel point cela avait été facile : elle n'avait pas réfléchi un seul instant à ce qu'elle faisait avant le moment où elle avait voulu regagner sa chambre.

Et qui l'avait ramenée en arrière ? Parce que quelqu'un l'avait retenue. Elle sentait encore ce coup sec sur sa manche.

Que s'était-il passé ? C'était incompréhensible. Elle n'avait pas vraiment réfléchi. Son corps lui semblait si décidé ; de tout son être, elle avait désiré bondir vers le ciel, et elle l'aurait fait… si on ne l'en avait pas empêchée.

Elle avait besoin de parler à quelqu'un, d'expliquer ce qu'elle avait ressenti. Mais à qui ? Qui pourrait seulement croire qu'elle était sortie par la fenêtre et qu'elle avait couru sur les toits ?

Il valait peut-être mieux se contenter de trouver quelqu'un qui lui dirait qu'elle se trompait.

Célia, Martha et Amy attendaient Livy sur les marches de la section Burgess. Célia lui sourit et la salua de la main.

– Je t'ai envoyé un texto hier soir, mais tu n'as pas répondu. Tu as réussi à faire tous tes devoirs ?

Voyant qu'Amy et Martha l'examinaient avec attention, Livy hocha la tête, même si elle n'avait pas pu se concentrer sur sa rédaction de français une fois revenue de son expédition sur les toits. Elle avait déjà eu du mal à se traîner jusqu'à son lit et à y rester allongée pendant que la pièce tournait autour d'elle.

– Miss Burgess ?

La secrétaire de l'école, Miss Lockwood, marchait hâtivement vers elles.

– On vous demande immédiatement dans le bureau de Mrs Smythe.

– Ce n'est que ton deuxième jour ! commenta Amy,

les yeux écarquillés de surprise. Qu'est-ce que tu as bien pu faire ?

En partant, Livy entendit Martha lui répondre à voix basse :

– Elle a assassiné la mode !

Livy traînait les pieds ; ils lui paraissaient aussi lourds que le sang qui pesait dans ses veines. Qu'avait-elle bien pu faire pour être ainsi convoquée ? Elle jeta un nouveau coup d'œil aux diplômes qui s'étageaient dans l'escalier. Ils étaient impressionnants avec leurs lettres ouvragées et leurs médailles dorées tamponnées sur le papier épais.

La porte était entrouverte et Mrs Smythe se tenait debout à côté de son bureau. Elle regardait le portrait de maître Burgess.

– Entre ! dit-elle d'une voix sonore avant même que Livy ait posé les doigts sur le bois.

Mrs Smythe se retourna et s'assit derrière son immense table. La Sentinelle contre laquelle Livy s'était blottie la nuit précédente emplissait toute la fenêtre.

– Ne reste pas plantée sur le seuil, lui lança la directrice.

Livy s'approcha timidement, en se retenant de regarder la statue.

Mrs Smythe lui fit signe de s'asseoir. Peter Burgess toisait la jeune fille d'un air impassible.

– Je t'ai vue parler à quelqu'un dans la rue hier soir, commença-t-elle. Un homme qui portait un chapeau et un costume marron.

Livy sursauta. Elle n'avait pas remarqué que, la veille, Mrs Smythe l'observait. Cette femme était-elle donc partout ?

– Je ne pense pas que c'était dangereux, marmonna-t-elle.

– Que voulait-il ? Il t'a demandé de l'argent ?

Livy secoua la tête.

– Et il ne t'a menacée d'aucune façon ?

– Non. Bien sûr que non, répondit-elle, surprise.

– Mais il t'a parlé.

Livy acquiesça.

Mrs Smythe émit un petit claquement avec sa langue.

– Et qu'est-ce qu'il t'a dit exactement ?

Elle prit un stylo et se mit à griffonner des notes dans un petit carnet.

– Pas grand-chose.

Livy fronça les sourcils. Elle n'avait pas envie de lui parler du livre qu'il lui avait donné en le présentant comme un cadeau de la part d'un ami lointain. Cela paraîtrait trop bête.

Mrs Smythe souligna quelque chose deux fois sur son carnet. Elle avait une écriture pleine de fioritures et de traits allongés, et Livy, qui n'avait aucun mal à lire à l'envers d'habitude, n'y comprenait rien.

– Est-ce que cet homme a adressé la parole à Tom, ou pas du tout ? demanda Mrs Smythe.

– Non. Il nous a juste dit son nom.

– Je pense que nous n'avons pas besoin de le signaler à la police pour le moment, déclara Mrs Smythe. Mais peut-être que s'il t'aborde à nouveau, tu viendras me prévenir en premier ?

Elle fronça les sourcils.

– Tu peux faire ça ?

Livy hocha la tête.

– Et ne lui parle pas, ajouta Mrs Smythe. Ne lui dis rien. Et s'il te demande de lui donner quelque chose…

– De l'argent, par exemple ? supposa Livy.

– Oui, de l'argent. Ou n'importe quelle chose qu'il puisse vendre…

– Je ne pense pas qu'il soit capable de faire quoi que ce soit de mal, laissa échapper Livy.

Mrs Smythe forma une cage avec ses doigts et posa le menton dessus. Il y avait une traînée de poussière noire sur son poignet. Elle dut voir que Livy l'avait remarquée, car elle tira discrètement sur la manche de son chemisier blanc pour recouvrir la trace.

– L'homme que j'ai vu en train de te parler est l'ancien bibliothécaire de Temple College.

– C'est lui, l'ancien bibliothécaire ?

Livy revit son costume bien taillé et son allure soignée. Ainsi, c'était l'homme que, d'après Célia, Mrs Smythe avait renvoyé ! Et qui avait été expulsé de sa maison. La maison où elle vivait désormais avec sa famille. C'était vraiment affreux ! Comment Mrs Smythe avait-elle pu être aussi cruelle ?

La directrice pinça les lèvres.

– Tu compatis avec lui ? Tu ne devrais pas. Cet homme est dangereux.

– Pas du tout, éclata Livy, haussant le ton malgré elle. Il est gentil !

– C'est à moi d'en juger.

La directrice baissa le nez pour relire ses notes, et ses cheveux dorés tombèrent devant son visage.

– Merci, Livy, tu peux t'en aller. Tu m'as été d'une grande aide.

13

Livy descendit lentement l'escalier, en repassant devant les nombreux diplômes de Mrs Smythe. Pourquoi la directrice s'intéressait-elle autant à ce que ce pauvre Alan Hopkins lui avait dit ? Et pourquoi pensait-elle qu'il était dangereux ?

– Livy !

Célia se tenait au pied de l'escalier.

– Qu'est-ce que tu fais là ?

– J'ai dit à Mr Green que je ne me sentais pas bien. Il fallait absolument que je vienne à ta rencontre. Le suspense était intenable ! Et ça n'a rien à voir avec le fait que Mr Green est le prof le plus ennuyeux de la planète ! (Elle pressa le bras de Livy.) Raconte ! Que voulait Mrs Smythe ? (Elle prit un air grave.) Tu as des ennuis ?

Livy secoua la tête.

– Non. Elle a vu l'ancien bibliothécaire me parler hier, après les cours. Elle voulait savoir ce qu'il m'avait dit.

Célia fronça les sourcils.

– Qu'est-ce que ça peut lui faire ? Vu comment elle s'est débarrassée de lui…

– Oui…, l'approuva Livy, songeuse. C'est vrai.

La sonnerie annonça le début de l'heure suivante alors qu'elles sortaient dans la cour des Sentinelles.

Célia s'immobilisa. Joe Molyns était à quelques mètres.

– Je savais que je le verrais, murmura-t-elle. Je le sentais au fond de moi.

– Tu lui as déjà parlé de ce que tu ressens ? demanda Livy.

C'était ce que Mahalia avait voulu faire avec le garçon pour lequel elle craquait.

– Euh… non ! fit Célia, ahurie. Pourquoi je ferais ça ?

– Parce que peut-être que tu lui plais, toi aussi.

– Mais il ne sait même pas qui je suis ! Imagine un peu, Livy. Je trouve le courage de lui parler…

– Qu'est-ce que tu dirais ? l'interrompit Livy.

– Un truc du genre…

Célia avait les joues cramoisies, comme si elle s'adressait vraiment à Joe.

– « Salut… Je t'ai vu jouer au foot… » Non. « Salut… Je m'appelle Célia et… » (Elle secoua la tête.) Je ne risque pas de l'éblouir !

– Et si tu lui parlais à l'arrêt de bus ? Demande-lui juste l'heure. Ou n'importe quoi d'autre.

– Mais…

– Dis-le-lui, c'est tout. De quoi tu as peur ?

– Qu'il me rie au nez et s'en aille. Ou pire, bien pire, qu'il m'ignore.

– Tu pourrais prendre le même bus et t'asseoir à côté de lui.

Livy se remémora la peine qu'elle avait eue pour trouver une place près du garçon qui plaisait à Mahalia.

– Martha et Amy me regarderaient, chuchota Célia. Et de toute façon, elles sont beaucoup plus jolies que moi. C'est forcément à elles qu'il voudra parler !

– Ça m'étonnerait, affirma Livy.

– Parce que tu es une spécialiste, toi, peut-être ? railla-t-elle.

Quand Célia lui proposa encore une fois d'aller manger une glace avec elles après les cours, Livy nota le soulagement de Martha et d'Amy lorsqu'elle déclina l'invitation.

– Je vais voir mon père, improvisa-t-elle.

En traversant le parc de l'école en direction de la bibliothèque, elle se demanda pourquoi Célia traînait avec Martha et Amy. Il y avait plein de filles à paillettes comme elles dans son ancien collège, mais Mahalia et Livy étaient si proches qu'elles pouvaient les ignorer. Peut-être que Célia ne les voyait pas comme ça ; elles étaient toujours super-gentilles avec elle. Et puis elles avaient un grand point commun : leur adoration pour Joe Molyns.

Livy trouva le bureau de son père, qui n'était guère plus grand qu'un cagibi, juste après l'entrée. Il lui tournait le dos.

– Comment va ton boulot ? lança-t-elle.

– C'est mon deuxième jour et c'est déjà infernal.

Il leva les yeux et lui sourit, mais il avait l'air fatigué.

– C'est un fouillis impossible, ici, continua-t-il. Je viens d'aller chercher un livre sur la force de gravité que Mrs Smythe m'a demandé – une œuvre rare de notre prétendu ancêtre, Peter Burgess –, mais un farceur l'a remplacé par un catalogue de caravanes des années 1970.

Il agita une revue usée devant Livy, puis la jeta sur son bureau avec dégoût.

– Les caravanes ! Franchement, Mr Hopkins aurait bien des comptes à rendre. Je comprends que Mrs Smythe l'ait viré. De toute évidence, il ne savait absolument pas ce qu'il faisait et ne connaissait rien à la gestion d'une bibliothèque.

– Je peux chercher, proposa Livy. Voir si je trouve ce livre.

– Ne t'éloigne pas trop, dit son père sans détacher les yeux de son écran. C'est un vrai labyrinthe et tu n'as pas de bobine de fil. Si tu tournes dans la mauvaise allée, ici, tu risques de ne pas revenir avant un an !

– Ça va où, ça ? demanda Livy en désignant un escalier métallique qui montait en colimaçon vers une petite porte biscornue.

Son père leva le nez.

– Au rayon botanique, répondit-il avant de se concentrer à nouveau sur son ordinateur. Du moins, je crois. Bon, j'en étais où ?

Livy gravit les marches de l'escalier. En haut, elle se pencha pour regarder la tête de son père. Il avait les cheveux en bataille et le col de sa chemise était coincé sous son pull avachi.

– Appelle-moi quand ce sera l'heure de rentrer, lança-t-elle.

Il agita la main distraitement en signe d'approbation.

En flânant dans une série de petites salles pleines de livres, elle repensa à Célia, qui était venue la trouver après son rendez-vous avec Mrs Smythe, mais l'avait laissée toute seule à l'heure du déjeuner. Certes, elle lui avait présenté des excuses plus tard : elle avait dû se rendre au club de dessin, et elle pensait qu'Amy veillerait sur elle. Mais Amy n'avait pas reçu son texto. Apparemment. Et Martha ne déjeunait jamais au collège le mardi. Alors Livy s'était assise toute seule avec son plateau dans l'immense réfectoire, et elle avait regardé fixement les plats qu'elle n'avait pas envie de manger en évitant le regard compatissant de Mr Bowen, qui la voyait de la table surélevée où les profs étaient installés. Livy aurait voulu disparaître. Alex, le jeune Russe taciturne, s'était joint à elle et avait mastiqué lentement une part de pizza sans dire un mot, sans même jeter un seul coup d'œil vers elle. Livy soupira. Elle aurait tant voulu remonter le temps et retrouver l'époque où l'amitié n'était pas une chose qui lui demandait une attention de tous les instants.

Le plancher grinça sous ses pieds. Filtrant à travers les petites vitres des fenêtres à meneaux, le crépuscule dessinait un patchwork de velours sur le sol.

« Je vais voir jusqu'où je peux aller avant que papa m'appelle », songea Livy.

Elle se mit à jouer à un jeu que Mahalia et elle affectionnaient : elle fermait les yeux avant de faire courir un doigt sur les rayonnages, et les rouvrait pour examiner les livres sur lesquels elle tombait.

– Beurk ! grogna-t-elle lorsqu'elle prit le premier. La classification périodique des éléments !

Elle le referma d'un coup sec et le remit vivement sur l'étagère.

– C'est pas drôle, Mahalia, chuchota-t-elle. Choisis-moi un chouette livre.

Elle ferma les yeux, se cogna contre une étagère, se redressa et, en tâtonnant le long des rayonnages, sentit qu'elle était arrivée au bout et qu'une porte s'était matérialisée sous ses doigts. Elle la franchit sans ouvrir les yeux et faillit trébucher sur la petite marche qui menait dans la salle suivante.

Quand elle finit par regarder où elle était, elle perçut une présence dans la pièce. Elle se glissa derrière un rayonnage en retenant son souffle.

Alex était assis à une table, entouré de piles de livres, les cheveux aussi hérissés que s'il venait de les peigner avec ses doigts. Il avait desserré sa cravate, et sa pomme d'Adam saillante donnait l'impression d'être une noix coincée dans sa gorge. Il griffonnait frénétiquement dans un cahier et en tournait les pages dans tous les sens, comme s'il avait perdu quelque chose dans son fouillis de notes.

Livy sortit de sa cachette.

– Salut.

Alex sursauta. L'air paniqué, il tira les livres vers lui et chuchota :

– Ne dis pas à ton père que je suis là.

– Pourquoi ? Il est bibliothécaire. Il aime bien que les gens lisent !

Le garçon parut soulagé. Livy s'approcha.

– Qu'est-ce que tu lis ?

Nerveux, Alex posa un bras en travers du vieil ouvrage imprimé en gros caractères noirs qu'il était en train de lire.

– Je… Je fais des recherches.

– Sur quoi ?

– L'histoire, marmonna Alex en déplaçant les livres pour glisser sous la pile celui qui l'occupait. Ça m'intéresse. Je veux savoir ce que signifie « Tempus fugit ». J'ai fouillé un peu partout et je ne trouve pas la réponse.

– Oh, mais c'est simple, déclara Livy. Ça veut dire « le temps s'enfuit ». C'est du latin.

Le garçon la toisa avec mépris.

– Je sais bien ! Tu me prends pour un imbécile ? Tu es comme Martha et Amy ?

– Je ne te prends pas du tout pour un imbécile, répliqua vivement Livy.

– Les mots « tempus fugit » signifient autre chose que « le temps s'enfuit », j'en suis sûr. Sinon, pourquoi seraient-ils inscrits partout dans l'école ? Et ils désignent toujours maître Burgess.

Les joues cramoisies, il semblait gêné de s'être emporté. Il baissa la tête et reprit son étude.

– Mais… (Il releva le nez et l'observa avec attention.) … Tu as peut-être une idée, toi. Quand j'en ai parlé à Mr Hopkins, il m'a dit que seul un vrai Burgess pourrait le savoir. Et tu es une vraie Burgess, toi !

– Je n'en ai aucune idée, dit Livy.

– C'est tellement dommage que Mrs Smythe se soit débarrassée de Mr Hopkins. Maintenant, je n'ai plus personne à questionner. Ton père n'a pas l'air de savoir quoi que ce soit. Excuse-moi, ajouta-t-il.

– Mon père est un super-bon bibliothécaire, rétorqua-t-elle. Je suis certaine qu'il en saura bientôt plus que Mr Hopkins.

Alex grimaça.

– C'est peu probable. Il travaillait ici depuis quarante ans. Il connaissait tout sur tout – les livres comme les articles scientifiques. Tu savais qu'on conserve dans cette bibliothèque toutes les notes de tous les scientifiques qui ont étudié ici ? Elles font partie de la collection de Temple College ! (Il avait les joues rouges d'excitation.) Sauf celles de Peter Burgess. Il n'y a pratiquement rien de son travail. J'ai posé la question à Mr Hopkins et il m'a dit qu'il n'y avait rien. Mais c'est bizarre, non ? C'est le fondateur de cette école, et personne ne trouve de documents sur ses expériences.

– Tu as sans doute raison… Pourtant, Mrs Smythe semblait avoir des informations sur lui. Elle m'a raconté qu'elle avait découvert des choses quand elle travaillait à Prague.

Alex parut surpris.

– Quand est-ce qu'elle t'a dit ça ?

– Pendant mon entretien.

– Et qu'est-ce qu'elle a découvert ?

– Qu'il était riche et qu'il avait payé de sa poche pour que des garçons pauvres puissent étudier ici. Il a fait sculpter les Sentinelles et il a acheté des tas de livres pour la bibliothèque.

– Et sur ses expériences ?

Alex semblait plein d'espoir.

– Elle a mentionné le jardin d'Éden… et les anges. (Livy haussa les épaules.) Je ne m'en souviens pas bien. C'était incompréhensible pour moi.

Alex regarda ses livres.

– Très scientifique, tout ça, marmonna-t-il avec dépit.

Livy l'avait déçu avec ses maigres informations.

– Bon, salut, finit-elle par dire dans le silence prolongé.

Alex ne releva pas la tête.

– Salut.

Elle reprit son jeu et s'éloigna de plus en plus, en se cognant contre des portes et des étagères. Pourquoi Mrs Smythe avait-elle tenu à se débarrasser de Mr Hopkins ? Et qu'avait donc son père de si spécial pour obtenir ce poste aussi facilement ? Elle était au courant des expériences de Peter Burgess, et pourtant, Mr Hopkins lui avait dit qu'il n'y avait aucun de ses écrits dans la bibliothèque. Peut-être cachait-il quelque chose…

Livy ressassait ces questions sans y trouver de réponse. Elle continua à passer son doigt le long des rayonnages, oubliant qu'elle se promenait depuis un bon moment. Quand elle rouvrit les yeux, elle éprouva une bouffée de panique. Elle n'avait sûrement pas pu s'éloigner autant. En regardant autour d'elle, elle se rendit compte qu'elle était complètement perdue.

La salle dans laquelle elle se trouvait était exiguë et sombre. Il y avait une porte entrouverte au fond. À l'instant où Livy fit demi-tour pour essayer de retrouver son chemin jusqu'à son père, elle perçut des pas à l'étage supérieur ainsi que le bruit d'un objet qui tombait sur le sol juste au-dessus de sa tête. Une minute après, elle crut entendre quelqu'un marmonner derrière une étagère.

Elle jeta un coup d'œil : personne.

Les pas résonnaient derrière elle à présent, rapides et légers. Était-elle allée trop loin avec ses jeux, cette fois ? Livy se recroquevilla derrière un rayonnage, tandis que les pas s'approchaient, et regarda par l'interstice entre les livres. Une voix qu'elle reconnut maugréa :

– Où est-il ?

Puis elle entendit le claquement rapide de talons hauts qui repartaient vers l'escalier.

Livy quitta la petite salle et suivit la voix jusqu'au bureau de son père, en dessous. Elle descendit discrètement quelques marches et vit deux têtes rapprochées. Elle se fit toute petite, si petite qu'elle eut presque l'impression de se dissoudre dans l'air. Elle tendit l'oreille.

– Ça m'inquiète que ce livre ait disparu, James, fit Mrs Smythe. Vous êtes sûr que vous ne le trouvez pas ?

– J'ai cherché partout, répondit le père de Livy d'un

ton soucieux. Est-il possible que l'ancien bibliothécaire l'ait emporté ? Le catalogue de la bibliothèque est un vrai bazar et certains livres ont été déplacés.

– Alan Hopkins n'aurait jamais osé faire cela, déclara Mrs Smythe d'une voix ferme.

Elle écarta ses épais cheveux blonds de son visage, et Livy aperçut son bracelet à breloques en or.

– Il faut absolument que je sache quelle a été la toute dernière expérience de Peter Burgess ! J'ai besoin de ses notes. Ce livre, c'est le seul moyen. Il faut le retrouver, James ! C'est votre boulot, après tout.

Livy entendit de nouveau les talons de la femme claquer sur le plancher. La porte de la bibliothèque se referma.

Pourquoi les notes de Peter Burgess étaient-elles si importantes pour cette femme ? Et pourquoi s'intéressait-elle autant à ce que Mr Hopkins savait ? Qu'essayait-elle de faire ?

Livy redescendit lentement.

– Tu auras vraiment de gros ennuis si tu ne trouves pas ce qu'elle veut ? demanda-t-elle.

– Non, non, je n'aurai pas d'ennuis.

Malgré son sourire, son père avait l'air triste au lieu d'être excité par son nouveau boulot.

– Mais il faut quand même absolument que je le trouve, ajouta-t-il si bas que Livy l'entendit à peine. Je n'ai pas le choix.

Livy monta dans sa chambre. Le livre que l'ancien bibliothécaire lui avait donné était toujours sur sa table de chevet. Une fois de plus, elle parcourut la silhouette de la mouette du bout du doigt. Elle était terriblement désolée pour cet homme ; c'était affreux que Mrs Smythe l'ait renvoyé et chassé de sa maison. Ça lui semblait injuste. Mais peut-être qu'il était vraiment nul dans son travail. En tout cas, il rendait la vie de son père difficile, c'était certain. Et comment ce livre sur une mouette – comment n'importe quel livre – pouvait-il l'aider, elle ?

Elle leva les yeux. La Sentinelle était éclairée par la faible lueur des lampadaires de la rue, en contrebas. La statue avait la tête dressée comme si elle écoutait quelque chose.

– Hé, chuchota Livy. Tu m'entends ?

Prise d'une envie de se sentir légère, immatérielle comme lorsqu'elle avait couru sur le toit, Livy ouvrit grand sa fenêtre, se pencha dehors pour voir les plumes de l'aile cassée de la Sentinelle et sentir l'air l'envelopper. La lune semblait entraînée par une cohorte de nuages qui évoquaient des chevaux tirant un char d'argent. Livy inspira à fond.

– Je sais que tu m'entends, chuchota-t-elle.

Elle crut voir la statue baisser la tête en signe d'approbation.

Quelques secondes plus tard, la jeune fille escaladait les tuiles, à la poursuite des derniers vestiges du jour qui disparaissaient derrière le toit.

« Il faut que je fasse attention », se dit-elle, mais elle s'aperçut que moins elle craignait de tomber, plus sa progression était facile et plus elle arrivait à fendre l'air rapidement. Le poids qui lui était tombé dessus après sa journée de collège se dissipa comme de la fumée.

« C'est comme si je marchais sur un fil. »

Elle leva une jambe devant elle.

« Je pourrais tenter une roue, comme au cirque ! »

Elle allongea ses foulées et, tandis qu'elle flottait en l'air, entre deux bonds insouciants, elle rit.

Encore un saut et elle atterrit sur le toit de la Tour blanche. Elle fit entrer l'air nocturne dans ses poumons et se sentit encore plus légère.

Elle alla droit vers le muret de la tour et se pencha par-dessus. Avait-elle vraiment fait ce dont elle se souvenait la nuit précédente ? Elle se remémora l'étrange sensation que l'air était solide et qu'elle pourrait marcher dessus.

Elle se pencha un peu plus, encore un peu plus… et sentit ses talons décoller du plomb terne qui couvrait le toit. Les êtres humains ne peuvent pas voler. Alors pourquoi avait-elle l'impression que son sang était fait d'air et qu'elle pouvait s'avancer sans tomber ? Sa tête avait beau lui dire qu'elle se trompait, elle avait levé les pieds pour monter sur le muret.

À présent, ses orteils étaient juste au bord. Elle écarta les bras et se pencha en avant, sans crainte. Une petite brise tourbillonnait autour d'elle, comme si la Sentinelle venait d'agiter ses ailes. Elle eut la sensation désagréable que quelqu'un l'observait.

Une voix retentit juste à côté d'elle :

– Non. Je ne te laisserai pas faire.

Une curieuse odeur de métal brûlé emplit ses narines,

et elle sentit qu'on la tirait en arrière. Elle atterrit contre la toge en pierre de la Sentinelle.

– Qu'est-ce qui t'a pris de t'avancer comme ça tout au bord ? Une fois de plus !

Un garçon se dressait au-dessus d'elle.

Elle était si surprise qu'elle resta interdite.

– Tu croyais que tu ne tomberais pas ? demanda-t-il avec colère.

– D'où tu sors ? hoqueta Livy.

Elle regarda autour d'elle, perplexe. Le toit était trop petit pour que sa présence lui ait échappé.

– Tu m'observais ?

Le garçon ne répondit pas tout de suite. Il la dévisageait avec intensité, comme s'il réfléchissait à ce qu'il devait dire. Il était plus grand qu'elle, et très mince. Mais il ne pouvait pas avoir plus de deux ou peut-être trois ans de plus qu'elle. Il avait un visage fin avec de hautes pommettes saillantes et sa moue boudeuse lui donnait un air sévère, malgré sa bouche rouge et charnue. Sa pâleur lunaire contrastait avec le noir d'encre de ses sourcils et de ses cheveux. Son visage semblait flotter au-dessus de sa grande chemise blanche et de son long pardessus noir ; l'un des boutons s'était décousu et pendait au bout d'un fil rouge. Ses yeux piquetés de paillettes dorées jetaient des éclairs.

– Pourquoi tu me regardes comme ça ? fit Livy. Qu'est-ce que tu fais ici ?

Le garçon leva le menton.

– La même chose que toi. Ma place n'est pas là, en bas.

Livy nota qu'il avait un accent étrange, qu'elle ne sut identifier.

– Tu me rappelles quelqu'un, dit-il tout bas.

– Qui ?

Il secoua la tête.

– Quelqu'un d'il y a très longtemps. Quelqu'un qui est très loin.

– Eh bien moi, je suis juste Livy Burgess. Personne de spécial.

Le garçon eut l'air frappé par ces mots.

– Oh là là ! Tu devrais quitter Temple College. Pars et ne reviens pas !

Il s'éloigna d'elle.

– Il ne manquait plus que toi. Tu vas tout gâcher ! Vous avez déjà causé des problèmes avant, vous, les Burgess ! Avec vos expériences, vos idées…

Un oiseau fondit vers le visage de Livy. Elle leva les mains et se baissa. Elle sentit l'air mordant s'agiter autour d'elle et entendit l'oiseau s'éloigner dans un bruissement d'ailes.

Quand elle laissa retomber ses mains, elle était seule. Le garçon n'était plus là. Il avait dû se glisser derrière la rangée de cheminées.

Mais comment ferait-il pour descendre ? Y avait-il un autre moyen, un moyen plus facile de grimper sur le toit ?

« Ma place n'est pas là, en bas. »

Il était en colère contre elle, mais il l'avait tout de même réconfortée sans le vouloir : elle n'était pas la seule à avoir le sentiment de ne pas être à sa place.

« Et qui je lui rappelle ? » se demanda-t-elle.

À force d'essayer d'analyser les étranges paroles du garçon, Livy avait l'impression que son cerveau se contorsionnait sous l'effort. C'était bizarre parce qu'elle avait l'impression de l'avoir déjà rencontré, elle aussi. Comme si c'était un ami qu'elle avait oublié, jusqu'au moment où il était venu lui parler, un ami furieux à cause de ce qu'elle avait fait. Mais qu'avait-elle fait, au juste ?

– Tom ! s'écria-t-elle en sautant du rebord de sa fenêtre dans sa chambre. Tu devrais dormir.

Son petit frère était assis sur son lit à elle, en pyjama. Il ne fit aucun commentaire sur le fait qu'elle venait d'entrer par la fenêtre.

– Tu as vu le comte Zacha ? demanda-t-il. Sur le toit.

– Le comte Zacha ? (Elle se retourna pour fermer la fenêtre.) Bien sûr que non !

Mais son pouls s'était accéléré. Tom l'avait-il vue dehors ?

Elle le prit fermement dans ses bras.

– C'est l'heure d'aller te coucher.

– Je le vois, moi.

– Oui, oui, répondit Livy d'une voix chantante.

– Dans le ciel. Il passe devant ma fenêtre en volant.

– Bien sûr, l'approuva-t-elle. (C'était toujours préférable si on ne voulait pas que Tom pique une crise.)

– Tu as la figure aussi froide que le ciel, chuchota-t-il en passant ses bras autour du cou de sa sœur.

– Et toi, tu es très fatigué, répliqua Livy. Il est trop tard pour les petits garçons comme toi.

– Je ne suis pas un petit garçon, rétorqua Tom en secouant la tête. Je suis un guerrier volant, comme le comte Zacha !

– Même le comte Zacha a besoin de dormir, déclara Livy.

Elle porta son frère jusqu'à sa chambre, à l'étage en dessous. Le silence régnait dans la maison. Leurs parents dormaient déjà.

Pendant que Livy le bordait, Tom bâilla.

– Le comte Zacha ne dort jamais. C'est lui qui me l'a dit.

14

Livy passa la journée suivante dans un état second. Elle entendit des gens lui parler et elle leur répondit, elle fit son travail pendant les cours sans trop regarder par la fenêtre. Elle eut de nouveau Alex pour voisin quand il se glissa sur la chaise d'à côté pendant que Célia papotait. Il l'aida une fois de plus à trouver les réponses, mais sans rien dire, et toujours rouge comme une tomate. Livy remarqua tout cela, mais elle se sentait déconnectée. Pendant ce temps, dans un coin de sa tête, elle essayait de comprendre ce qui s'était passé sur le toit la nuit précédente. Cette partie-là de son esprit était envahie par l'air nocturne, la lune brillant d'une lumière argentée et les yeux verts mouchetés d'or d'un garçon.

Qui était-il ?

Et pourquoi cette colère et ces mystères incompréhensibles ? « Tu croyais que tu ne tomberais pas ? » Livy frissonna en se rappelant sa voix dans le clair de lune. Cette voix sévère, comme s'il tenait vraiment à elle. Elle porta une main à sa joue, espérant vainement s'empêcher de rougir, et grogna. Comment avait-elle pu être aussi bête ? « J'aurais dû dire quelque chose, songea-t-elle. J'aurais dû trouver quelque chose d'intelligent ou de drôle, quelque chose d'impressionnant, pour qu'il me trouve courageuse et maligne et différente de tous ceux qu'il a rencontrés jusque-là. »

Elle aurait tant aimé qu'il ait envie d'être son ami. Mais évidemment, elle avait été trop abasourdie pour dire quoi que ce soit, à part lui demander d'où il sortait !

Amy claqua des doigts sous le nez de Livy alors qu'elles gravissaient l'escalier en chêne.

– Allô ! fit-elle. La terre appelle Livy !

Martha, dont les cheveux formaient un rideau chatoyant retenu par un fin bandeau ce jour-là, lui donna un coup de coude. Elle semblait soucieuse.

– Ça va, Livy ? Amy, tu ne trouves pas que Livy est hyper-pâle ?

Amy plissa les yeux.

– Blanche comme un linge.

Célia s'inquiéta.

– C'est vrai que tu es pâle. Tu as bien dormi ?

– Oui ! assura-t-elle en s'efforçant de rire pour paraître détendue. Bien sûr ! J'ai dormi comme un loir.

Mais Martha avait rompu le charme, avec son cinéma ridicule. Livy allait devoir recréer l'image qu'elle avait réussi à voir si nettement dans sa tête. Elle se concentra sur l'odeur âcre de l'air nocturne, la lune qui flottait bas au-dessus de la Tamise et l'aile cassée de la Sentinelle. Son estomac se noua lorsqu'elle se rappela qu'elle s'était penchée debout sur le muret et avait laissé ses talons se décoller. Quant au garçon… Il avait de nouveau envahi son esprit avec sa peau couleur clair de lune, ses cheveux noirs et ses yeux verts et perçants. Elle évita le regard inquisiteur de Célia tandis que les paroles qu'il avait prononcées résonnaient à ses oreilles : « Ma place n'est pas là, en bas. » Ainsi, il y avait quelqu'un d'autre qui ne se sentait vivant que lorsqu'il pouvait tendre les bras et caresser le ciel du bout des doigts !

Mais qu'avait-il bien pu vouloir dire avec ces mots rageurs : « Vous, les Burgess » ? Quels problèmes les Burgess pouvaient-ils bien avoir causés ? Et ces propos, plus douloureux encore pour elle : « Tu vas tout gâcher ! » Comment savait-il qu'elle ne se sentait pas à sa place ? Elle ne l'avait dit à personne.

Devant la porte d'une salle de classe d'où sortaient des élèves qui parlaient d'une voix forte et assurée, elle se sentit soudain très seule. Elle pouvait sans doute laisser son corps flotter jusqu'au toit. Peut-être que le garçon serait là à l'attendre, et qu'elle arriverait à le convaincre qu'elle ne lui attirerait pas d'ennuis. Qu'ils étaient pareils. Peut-être aurait-elle même le courage de lui avouer qu'elle n'avait encore jamais eu le sentiment étrange, en rencontrant quelqu'un, qu'ils se connaissaient déjà. Elle secoua la tête. Où pouvait-elle bien l'avoir rencontré ? Et quand ? Elle n'en avait aucun souvenir précis. Elle repensa à ses vêtements bizarres, qui semblaient sortir d'une malle à costumes. Et à son accent : elle avait vécu à Londres toute sa vie mais n'avait jamais entendu quelqu'un prononcer les mots de cette façon, comme de petits marteaux frappant du métal.

– Il y a un concierge dans cette école ? demanda-t-elle à Célia.

Sa camarade eut l'air étonnée.

– Il y a une équipe d'entretien, dit-elle. Pourquoi ?

– Je me demandais juste si le concierge avait un fils qui vit dans l'école.

Célia la scrutait avec attention. On voyait son trouble dans ses grands yeux violets. Elle secoua la tête.

– Je n'ai jamais vu quelqu'un qui ait l'air d'être le fils du concierge. Pourquoi tu me demandes ça ?

Livy haussa les épaules et retenta son faux rire désinvolte.

– Je ne sais pas. Je me posais la question, c'est tout.

« Si seulement je pouvais monter sur le toit tout de suite, pensa-t-elle. Je m'arrangerais pour faire comprendre ce que je ressens à ce garçon. Parce qu'il a raison : je ne suis vraiment pas à ma place ici, en bas. »

Livy n'eut pas l'impression d'être plus intégrée à la fin de la matinée ; tous les autres élèves paraissaient accepter les règles, le cérémonial en vigueur dans cette école, semblaient apprécier l'impression qu'il rendait les Templiers supérieurs aux autres.

Dans la queue pour le réfectoire, à l'heure du déjeuner, Célia expliqua :

– On a un déjeuner élève pauvre-élève riche une fois par semaine depuis l'arrivée de Mrs Smythe. Si tu reçois un déjeuner de pauvre, c'est censé te montrer ce que ressentaient les petits pauvres dont Peter Burgess a financé la scolarité. Ces garçons devaient mourir de faim ! Pioche un ticket et donne-le à l'entrée. On te dira quel déjeuner prendre.

Elle fut distraite par un éclat de rire. Joe Molyns n'avait pas réussi à rester de marbre lorsque ses amis avaient pioché des tickets par poignées dans l'espoir d'avoir un déjeuner correct. C'est peut-être pour cette raison qu'après avoir donné son ticket, Livy prit le mauvais plateau.

– Tu as eu un ticket d'élève pauvre, lui chuchota Célia en jetant un coup d'œil aux garçons plus âgés, et tu as pris un déjeuner d'élève riche. Vite, remets-le ! Mrs Smythe te regarde !

Les joues en feu, Livy reposa le plateau chargé de nourriture sous les regards du groupe de garçons qui les suivaient – notamment Joe Molyns. Mahalia aurait dit qu'elle voulait rentrer sous terre. Mais Livy, elle, aurait voulu s'envoler dans le ciel, se dissiper comme de la fumée et s'élever lentement.

– Elle est nouvelle, expliqua Célia d'une petite voix.

– Ça arrive, lança Joe d'un ton enjoué. On a tous été nouveaux un jour.

Célia se détourna, dans tous ses états. Gênée, Livy prit le bon plateau, sur lequel il y avait juste un bout de pain noir et un bol de soupe grisâtre et translucide, guère plus appétissante qu'une flaque d'eau.

– Hé !

Elle se retourna. Joe Molyns se tenait derrière elle, avec son plateau d'élève riche.

– Tu veux prendre le mien ?

Il poussa le plateau vers elle et la soupe projeta des éclaboussures.

– Non, merci. Vraiment. C'est très gentil, mais je n'ai pas faim.

– Bien sûr que si. J'ai mon entraînement de foot dans cinq minutes, moi. Je n'aurai jamais le temps de manger tout ça.

Quand il se mit à déposer ses assiettes sur son plateau à elle, elle sentit très bien ce qui lui arrivait : les capillaires de ses joues étaient en train de se dilater, de se gonfler de sang. Son visage serait bientôt cramoisi.

– Ça y est ! s'exclama soudain Joe. Je le savais ! Le bus ! On a parlé de la gravitation ! Je savais bien que je t'avais déjà vue quelque part !

Il prit le bol de soupe de Livy et le posa sur son plateau à lui, en renversant la moitié du liquide grisâtre.

– Je n'oublie jamais les visages !

Ensuite, il tourna les talons pour rejoindre ses amis à leur table.

– Tu as vu Joe dans le bus ? chuchota Célia tandis qu'elles partaient retrouver Martha et Amy. Et vous avez parlé de la gravitation ? (Elle ouvrait des yeux ronds.) Je n'ai jamais eu de véritable conversation avec Joe, moi. À part à l'instant. Mais je n'ai dit que quelques mots. Après, ma cervelle a explosé et je n'ai rien trouvé d'autre à ajouter.

– J'avais fait tomber ma carte de transport, c'est tout, expliqua Livy. Ce n'était pas ce que j'appellerais une conversation.

– Célia ! fit Martha en tapotant le banc à côté d'elle. Viens nous raconter tout ça.

Célia fixait le dos de Joe, les sourcils froncés.

– Il a aidé Livy quand il lui a donné son plateau. Il est tellement gentil…

Livy se rappela que Mahalia avait dit quelque chose d'approchant à propos du garçon qu'elle aimait, alors qu'il n'avait fait que proposer un chewing-gum à son copain.

– Oh non, fit Amy en baissant les yeux. Voilà Alex. Il me fixe ! Ne regardez pas. Ne l'encouragez pas.

À travers ses cils baissés, Livy vit Alex s'arrêter près d'elle. Il ne paraissait pas du tout s'intéresser à Amy. Il regarda la place vide avec insistance, mais, voyant que Livy ne levait pas la tête, il s'éloigna en hâte.

– C'est ça, va-t'en, va t'asseoir avec les geeks et les coincés, siffla Martha.

– Il n'est vraiment *pas cool*. Dire qu'il s'est imaginé qu'il était le bienvenu ici ! ricana Amy.

– C'est quoi le problème avec lui ? demanda Livy, qui s'en voulait d'avoir sottement obéi à Amy.

– C'est quoi le problème avec lui ? répéta celle-ci avec une surprise feinte. Tu ferais mieux de me demander quels problèmes il n'y a pas !

Livy voulait présenter ses excuses à Alex pour la façon dont elle l'avait traité à midi – pour sa lâcheté – et lui dire qu'elle aurait aimé qu'il s'asseye avec elles, mais il la fusilla du regard pendant qu'ils attendaient d'entrer en cours de sciences.

Ils entendirent les talons de Mrs Smythe claquer dans le couloir. Occupés à déballer leurs affaires en riant et en bavardant ou affalés sur leurs pupitres, les élèves se turent lorsque la directrice entra vivement dans la salle. Quand elle prit place devant eux, le silence se fit.

– Bonjour, dit-elle.

La classe marmonna un vague « Bonjour, Mrs Smythe » en réponse.

Ses cheveux dorés étaient tirés en arrière en un chignon bien net et son tailleur gris, cintré et bien coupé, donnait l'impression que son corps avait été trempé dans du métal mat.

– Quelle classe ! chuchota Célia.

Mrs Smythe s'appuya contre le bureau du professeur et parcourut l'assemblée du regard. Personne ne bougea.

– La semaine dernière, nous avons parlé de certains des scientifiques qui ont fait leurs études à Temple College. Nous avons évoqué Emily Woodstock. Est-ce que quelqu'un se rappelle pourquoi elle est importante ?

Célia leva la main.

– C'est la première femme à avoir été acceptée à Temple College. Elle a fait des recherches sur les effets des champs magnétiques fondées sur le travail novateur de Michael Faraday.

– Excellent, Célia. Bien. Aujourd'hui, je veux que nous réfléchissions aux découvertes du scientifique le plus visionnaire de Temple College : son fondateur, Peter Burgess. Quelqu'un sait pourquoi il était si important ?

Personne ne répondit. Après quelques secondes, Mrs Smythe reprit :

– Livy, une idée ?

Derrière elle, Alex s'agita sur sa chaise et souffla :

– Le sang.

Mais Livy, mal à l'aise, secoua la tête. Mrs Smythe lui avait parlé de Peter Burgess pendant son entretien, lui avait dit quelque chose en rapport avec le jardin d'Éden, mais elle ne se rappelait pas exactement quoi.

– Dans ses écrits, il a parlé d'une chose qu'il appelait une « force mortelle », qui attire tous les objets vers la surface de la terre. Ça vous fait penser à quoi ? Alex ?

– À la gravitation, Mrs Smythe.

Livy entendit Amy glisser à Martha :

– Quel fayot !

– Peter Burgess pensait aussi qu'il y a une force vitale en nous qui remplit notre corps d'air. Ça vous fait penser à quoi ? Amy, je t'écoute.

Mrs Smythe fixa Amy, qui tripotait son stylo.

– Je vais peut-être poser la question à Alex, une fois de plus, parce qu'il a écouté, lui. Alex ?

– Le sang, Mrs Smythe.

– Excellent. Peter Burgess a fait de nombreuses expériences sur cette « force vitale ». Vous savez comment il récoltait des échantillons de sang ?

– Il utilisait des sangsues, laissa échapper Alex.

– En effet. Tu es bien documenté, Alex. Les sangsues,

pour ceux d'entre vous qui ne connaissent pas l'histoire de la médecine, sont une sorte de ver que l'on trouve dans les rivières. On les pose sur la peau et elles sucent le sang. Une fois rassasiées, elles se détachent et tombent.

– Beurk ! fit Célia tout bas.

– Un moyen drôlement ingénieux de récolter des échantillons de sang frais pour les travaux scientifiques de Peter Burgess ! C'était un savant intrépide et visionnaire en son temps.

Alex toussa.

– Peter Burgess comprenait que la science, c'est poser des questions puis concevoir des expériences pour y répondre. Maintenant, je vais vous demander de réfléchir à une grande question ou un problème que vous aimeriez résoudre, puis d'imaginer l'expérience la plus audacieuse possible. Et de me dire comment vous vous y prendriez. Soyez courageux ! Visez les étoiles ! Vous n'avez peut-être pas la faculté que Peter Burgess croyait avoir, celle de parler aux anges, mais vous pouvez trouver quelque chose d'intéressant. Essayez de penser aux difficultés que le monde rencontre – il y en a beaucoup – et de trouver une solution. Étonnez-moi !

La main de Livy restait en suspens au-dessus de la feuille. Que changerait-elle, si elle le pouvait ? Eh bien, c'était facile…

– Je vais écrire sur l'intelligence artificielle, entendit-elle Amy annoncer. C'est forcément le moyen de résoudre les problèmes à l'avenir. Les guerres et tout ça.

– Et toi, Livy ? demanda Célia.

Gênée, elle marmonna :

– Un traitement contre la leucémie.

« Quelle barbe ! » articula silencieusement Martha.

Livy se détourna. Elle n'osait pas leur dire qu'elle voulait trouver un moyen de retirer tout ce qu'il y avait de mauvais dans le sang malade d'un enfant, de le transformer pour le rendre sain et résistant.

En sortant de classe, Livy s'aperçut qu'Alex marchait à sa hauteur. Amy gloussa avec Martha.

– Pourquoi Mrs Smythe parle tout le temps de Peter Burgess comme si c'était un scientifique extraordinaire ? demanda Alex à Livy. Elle dit qu'il a mené plein d'expériences, mais où est la preuve ? Je pourrais prétendre que j'ai découvert l'uranium, ou le plutonium, ou… ou… le *fromage* si je n'avais pas besoin de le prouver !

Livy le regarda. Ses cheveux blonds étaient hirsutes, le col de sa chemise était trop grand et la poche de sa veste déchirée. Sa véhémence la surprenait.

– Il n'y a pas que Mrs Smythe, Alex. Tout le monde pense que Peter Burgess était un grand savant.

– Livy ?

Ils se retournèrent tous les deux. Mrs Smythe se tenait sur le seuil.

– Ton texte ?

Livy sortit son cahier de son sac en rougissant et le lui tendit. Elle était mal à l'aise ; personne d'autre n'avait eu à rendre son travail. La directrice ouvrit le cahier et parcourut le premier paragraphe. Livy retint son souffle. C'était une torture.

– Intéressant. Tu veux trouver un traitement contre la leucémie ? C'est certainement une noble cause. Tu devrais continuer à travailler sur ces idées, Livy. Nous pourrons en discuter au prochain cours. En attendant…

Mrs Smythe sourit avant de fermer le cahier et de le glisser dans sa belle mallette en cuir rouge.

– … j'aimerais lire ça plus en détail.

– Bizarre, commenta Alex pendant que la directrice s'en allait. Elle ne prend jamais la peine de relire notre travail. Qu'est-ce qui l'intéresse autant dans le tien ? (Il fit la grimace.) Ce n'est pas comme si tu allais vraiment trouver un traitement contre quoi que ce soit !

« Mais si je trouvais un remède… », songea Livy tandis qu'ils marchaient lentement dans le couloir. Elle se vit debout devant la classe pour expliquer comment elle avait conçu une expérience qui permettait la transformation miraculeuse du sang malade, et sourit en imaginant l'air admiratif de Mrs Smythe.

– Aïe !

Alex lui avait donné un coup de coude. Elle le regarda, surprise qu'il soit toujours à côté d'elle.

– Laisse tomber.

– Laisse tomber quoi ?

– Tu as treize ans, tu te rappelles ? À treize ans, personne ne trouve de traitements contre quoi que ce soit !

Livy abandonna les autres à leur conversation pour décider si elles devaient ou non suivre Joe Molyns à l'arrêt de bus.

– J'ai du gloss, chuchota Amy à Martha pendant que Célia rangeait des livres dans son casier et en prenait d'autres. Ta couleur préférée. On va se faire super-belles pour Joe.

– Tu es sûre que tu ne veux pas venir ? demanda Célia à Livy, sans faire attention à elles.

– Elle est super-fatiguée, tu ne vois pas ?

Martha brossait ses cheveux longs, et l'électricité statique produisait de curieux bruits de déchirure.

– C'est sans doute super-fatigant de s'habituer à un nouveau collège !

Elle sourit à Livy, mais celle-ci avait bien compris ce qu'elle voulait dire.

– Quelqu'un a du gloss ? demanda Célia. J'ai les lèvres tellement sèches.

– Amy en a, lui dit Livy.

Amy la fusilla du regard. Livy l'ignora et insista :

– Je suis sûre que tu seras super-mignonne avec.

Amy la bouscula pour passer.

– Venez, allons-y. Je te le donnerai en chemin.

Livy fut soulagée. Elle voulait être seule avec ses pensées pour rêver du toit de la Tour blanche, de la Sentinelle et d'un garçon qui n'était pas sûr de lui et populaire comme Joe Molyns. Les filles se seraient moquées d'elle, sans aucun doute. Certes, Célia était gentille avec elle et la prenait au sérieux, mais si elle lui en parlait, tout cela lui paraîtrait moins réel, moins privé. Elle ne voulait partager le toit avec personne.

15

Cette nuit-là, sur le toit, la lune flottait devant elle comme une pièce d'argent lancée dans le ciel. Les cheminées projetaient des ombres noires, de véritables « ombres lunaires ». Livy sauta par-dessus comme si c'étaient des flaques d'eau, et s'arrêta à mi-chemin pour reprendre son souffle. Ou peut-être était-ce son corps qu'elle avait besoin de reprendre, parce qu'elle se sentait aussi légère que l'air. Si elle lâchait la cheminée, elle décollerait sûrement du toit pour flotter vers la Sentinelle, aussi facilement que le ballon rouge de Tom. Elle lâcha les briques et courut après les nuages, en bondissant dans l'air nocturne.

Du coin de l'œil, elle aperçut du mouvement dans la rue, en contrebas. Elle s'accroupit derrière la cheminée suivante, le cœur battant. L'avait-on vue ? Elle jeta un coup d'œil de l'autre côté de sa cachette et distingua quelqu'un qui s'éloignait en hâte sur le trottoir.

Quelle idiote ! Elle aurait dû être plus prudente. Mais

qui penserait à regarder les toits pour voir une fille courir dans le ciel ?

D'un bond qui ne lui coûta guère plus d'effort qu'un petit pas, Livy sauta sur le muret de la Tour blanche.

– Je t'ai manqué ?

En riant, elle tendit la main vers l'aile cassée de la Sentinelle sculptée. C'était ridicule de parler à un bloc de pierre, mais elle n'arrivait pas à se débarrasser de l'impression que ce serait impoli d'ignorer ce visage sévère et impassible.

Elle s'installa sous l'aile cassée, chercha son manuel de vocabulaire dans son sac à dos et regarda la liste de mots français qu'il lui restait à apprendre.

Le livre avec une mouette sur la couverture était tombé. Elle le ramassa et le feuilleta. Des photos de mouettes floues sur des ciels de plomb. Une des pages avait dû se détacher, car une bourrasque l'emporta plus loin sur le toit avec un claquement. Livy se leva d'un bond et posa le pied dessus, puis se baissa pour la ramasser.

Le papier était plus épais et plus grossier que les pages lisses du livre. L'encre était d'un marron délavé et les lettres étaient tracées avec tant de boucles et de fioritures que ce fut d'abord difficile de lire ce qui était écrit :

– *Levez-vous, enfants dorés*, murmura Livy, dont la peau la démangeait de l'intérieur.

Ces mots furent emportés par le vent, comme de la fumée. Les deux suivants avaient été grattés.

– Na-na-na na-na-na *le sang est plus léger qu'une aile d'ange*, lut-elle.

Comment ce bout de papier avait-il pu atterrir dans un livre sur les mouettes ? Et pourquoi ces mots avaient-ils un tel effet sur elle ? En les lisant, elle avait eu l'impression de pouvoir s'élever sans effort dans les airs – elle devait même se cramponner aux pieds en pierre de la Sentinelle pour rester sur le toit.

– Qu'est-ce que tu fais ici ?

Livy, qui s'efforçait de se rendre assez lourde pour ne pas s'envoler, fut si surprise par cette voix qu'elle se tourna vers le visage de la statue. Était-ce elle qui avait parlé ?

– Je t'ai demandé ce que tu faisais ici !

Le garçon aux yeux verts se tenait devant elle.

Vite, Livy ferma le livre avec le bout de papier dedans. Elle se sentait coupable, bizarrement, bien qu'elle n'ait rien fait de mal.

– Rien ! lâcha-t-elle vivement. Je lisais, c'est tout.

Mais bien sûr, maintenant qu'il était à quelques pas d'elle, elle comprit qu'elle n'avait jamais eu l'intention d'apprendre son vocabulaire de français sur le toit. Elle espérait le voir.

Assaillie par cette étrange odeur de métal brûlé, elle plissa le nez. Elle avait le tournis.

Le garçon s'approcha.

– Je t'ai dit d'éviter cet endroit. On ne veut pas de toi ici.

Pendant qu'il parlait, Livy perçut à nouveau ce curieux accent. Les mots étaient saccadés, presque avalés. Le vent s'empara de son manteau, qui voleta autour de lui comme une aile de corbeau blessé. Ses yeux piquetés d'or lançaient des éclairs.

– Je n'ai pas d'ordres à recevoir de toi ! Je viens ici quand je veux et tu ne peux rien faire pour m'en empêcher !

La voix de Livy avait craqué dans l'air comme une allumette qui s'embrase.

– Ah non ? fit le garçon. Je te déconseille de me provoquer !

Il était plus grand qu'elle, certes, mais d'une maigreur insoutenable. Sa peau, aussi lumineuse que la lune, était tirée sur ses pommettes, et ses épaules étroites semblaient à peine capables de porter le poids de son manteau.

Le voyant si frêle, Livy s'enhardit.

– Tu ne me fais pas peur.

Le garçon eut l'air choqué.

– Je n'essaie pas de te faire peur. Je te mets en garde. Reste à distance. Ne t'approche pas de moi.

Il ferma les yeux, l'air peiné.

– Ça recommence. Je le sens dans mes veines…

Il se pressa les tempes.

Elle tendit la main vers lui.

– Ça va ?

– Va-t'en ! C'est à cause de *toi* que ça recommence !

Il lui arracha le livre qu'elle était en train de lire, avec le bout de papier volant glissé à l'intérieur.

– Fiche le camp avec tes livres et tes idées !

Il jeta l'ouvrage, qui sembla flotter une seconde avant de tomber dans la cour des Sentinelles.

– Eh ! hurla Livy. Rien ne t'autorise à balancer mes affaires n'importe où !

Elle se releva précipitamment et regarda par-dessus le muret. Le volume était tombé ouvert et les pages étaient tristement feuilletées par le vent. L'étrange bout de papier à l'écriture manuscrite n'était nulle part en vue.

– Ces livres vont mettre ton cerveau en ébullition, s'écria le garçon, et ensuite, à cause de toi, tout va recommencer !

– Je… Je ne vois pas de quoi tu parles. Je ne vais rien commencer du tout. Je te le promets.

– Tu es une Burgess. Tes promesses ne valent rien. Tu ne pourras pas t'en empêcher !

Il se pencha vers elle.

– *Tempus fugit*, siffla-t-il.

Livy sentit la plaque de plomb trembler sous ses pieds. Quelque part dans les profondeurs de la tour, une porte avait claqué. L'air glacial remua autour d'elle et elle entendit battre les ailes d'un oiseau qui s'envolait vers le ciel.

– Va-t'en, chuchota la voix du garçon à son oreille. Il y a de vieilles querelles sanglantes entre toi et moi.

Elle se retourna. Il s'était évaporé.

– Hé ! appela-t-elle dans la nuit. Où es-tu ?

Une fois de plus, elle sentit la colère monter.

– Tu ne peux pas disparaître comme ça après avoir jeté mon livre dans la cour !

Elle plissa les yeux pour scruter les toits de Temple College. Où avait-il filé ?

– Reviens ici tout de suite !

Pas de réponse.

Livy sentait bien le froid qui régnait ; le vent s'était levé et s'insinuait sous ses vêtements, lui glaçant les os. Elle frissonna et se mit à claquer des dents. Mais ses tremblements n'étaient pas seulement dus à la température ; pour une raison incompréhensible, les paroles du garçon l'avaient profondément affectée.

– Il n'a pas le droit de me demander de garder mes distances, dit Livy à la Sentinelle, comme si la tête de pierre pouvait se tourner vers elle et l'approuver.

Elle se rassit dans l'espoir de retrouver le sentiment que cet endroit lui appartenait, mais elle ne se sentait plus en sécurité. Elle avait l'impression que la nuit essayait de la chasser de la Tour blanche. Les nuages s'amassaient, telles d'énormes vagues blanches prêtes à l'écraser. Livy enroula les bras autour de ses genoux et ferma les yeux. Elle ne bougerait pas d'ici.

– Ralph ? J'ai peur.

C'était une voix d'enfant.

Livy ouvrit les yeux.

– Qui est là ?

Elle voyait des ombres sur le muret, une rangée de sept enfants debout, les bras tendus devant eux. L'un d'eux, nettement plus grand, essayait de se débarrasser d'un long manteau élimé, et le petit garçon à côté de lui le tirait nerveusement par la manche.

– Attends un peu, tu veux ? murmura-t-il au gamin.

– Mais c'est le moment ? fit le plus jeune d'une voix effrayée.

« Ça recommence. Je le sens dans mes veines. »

Voilà ce qu'avait dit le garçon. Mais il n'était plus là, et maintenant, les enfants non plus – il n'en restait qu'un souvenir tremblotant dans l'air.

Livy ne voulait pas s'avouer qu'elle avait des hallucinations. Cela signifierait que son état était devenu très grave. Sa psychologue l'avait prévenue qu'elle risquait de se « sentir bizarre » après la mort de Mahalia, mais elle n'avait jamais mentionné la possibilité de voir des gens qui n'existaient pas, qui *ne pouvaient pas* exister. Il fallait que Livy retourne dans sa chambre et empêche l'air nocturne de lui tourner la tête.

Ayant décidé de rentrer calmement chez elle et de terminer ses devoirs, elle prit son sac à dos et descendit du muret. Mais son corps ne lui obéit pas si facilement : ses jambes lui semblaient faibles et ses mains tremblaient. Même l'air avait changé, elle n'arrivait pas à se déplacer avec la même assurance insouciante dans la nuit. Au contraire, elle avait l'impression de devoir pousser sur l'air qui l'entourait pour avancer – il était devenu épais et lourd. Quelle bécasse d'avoir pensé qu'elle pouvait monter sur le toit sans se faire de mal ! Le garçon avait raison. Elle n'aurait pas dû venir.

Puis elle entendit à nouveau nettement ce qu'il avait chuchoté, comme s'il lui soufflait ces mots à l'oreille : « Il y a de vieilles querelles sanglantes entre toi et moi. »

– Ça n'a aucun sens ! hurla-t-elle.

À cet instant, elle se sentit aussi inconsistante que de la fumée. Elle ferma les yeux, s'éloigna de la cheminée et se laissa glisser sur les tuiles.

Paniquée, elle ouvrit les yeux. Elle arrivait au bout du toit, le sol approchait trop vite. Elle saisit le rebord de la fenêtre ouverte juste à temps et, haletante, passa ses jambes par-dessus.

Livy resta assise là une seconde pour se calmer. Elle sentit qu'elle s'apaisait, son corps semblait retrouver sa consistance. Puis elle sauta dans sa chambre et se jeta sur son lit, ravie de sentir qu'elle pesait de plus en plus lourd, comme lorsqu'elle vidait l'eau de son bain.

Livy sursauta quand la fenêtre claqua. Elle se leva et la ferma solidement. Le front appuyé contre le verre froid, elle contempla la Sentinelle. Où était le garçon ? Elle frissonna en songeant qu'il s'était tenu à seulement quelques pas d'elle, pendant que l'air s'enroulait autour d'eux, chargé de cette étrange odeur de fumée âcre. Livy renifla sa veste d'uniforme, puis elle ramena une mèche de ses cheveux devant sa bouche et la suça. Il n'y avait pas de feu sur le toit, alors comment se faisait-il qu'elle soit imprégnée par ce goût et cette odeur de fumée ?

16

– Je ne peux pas aller au collège. J'ai mal à la tête.

Sa mère était assise au bord de son lit. Elle posa la main sur le front de sa fille.

– Pas de température, alors tu dois y aller.

– Mais je me sens hyper-mal ! éclata Livy.

Elle voulait que sa mère cesse de la considérer avec cet air inquiet et la laisse seule dans sa chambre pour qu'elle puisse penser à ce qui s'était passé sur le toit.

– Tu connais la règle, insista sa mère d'un ton trop raisonnable. À moins d'avoir des vomissements ou de la fièvre, tu dois aller au collège. Tu me l'as promis, Livy. Tu étais si malheureuse à cause de Mahalia que je t'ai déjà permis de rater les cours pendant trop longtemps. Ça ne te rendrait pas service que je te laisse encore sécher maintenant. En un rien de temps, tout redeviendrait comme cet été, quand tu refusais d'aller en classe et que tu ne faisais que traîner sur le canapé toute la journée.

Aujourd'hui, je me rends compte que ce n'était pas bon pour toi ; tu aurais dû être avec tes autres amis.

Elle avait parlé avec fermeté. Manifestement, elle pensait vraiment ce qu'elle avait dit. Livy serait obligée d'aller au collège.

– Mais je suis malade !

Contrariée, elle donna un coup de poing sur sa couette.

Sa mère se leva.

– Si tu as l'énergie de me crier dessus, tu as l'énergie de te préparer et d'aller au collège. Sois en bas d'ici dix minutes. Je suis sérieuse, Livy.

La jeune fille descendit l'escalier avec lenteur, après avoir mis le plus longtemps possible à s'habiller, assaillie par les événements étranges de la nuit précédente.

– Je ne le dirai pas à maman.

Tom se tenait sur le seuil de sa chambre et la regardait fixement.

– Tu ne lui diras pas quoi ?

Livy se fit une queue-de-cheval.

– C'est un secret.

– Ouais, si tu veux, Tom, marmonna-t-elle en allant dans la salle de bains pour se brosser les dents.

Le petit garçon apparut à la porte.

– Tu veux bien m'emmener avec toi ?

Livy s'esclaffa.

– À mon école ? Ils n'acceptent pas les enfants de ton âge à Temple College.

Tom secoua la tête.

– Mais non, pas *là-bas*.

– Où ?

– Tu veux bien m'emmener dans le ciel ? Je ne le dirai pas.

L'image tremblotante d'un petit garçon tirant sur une manche noire apparut à Livy. Elle inspira vivement et secoua la tête pour oublier cette scène troublante.

– Le ciel n'est pas un endroit pour toi, Tom, répondit-elle sèchement. Ce n'est un endroit pour personne, à part les oiseaux.

– Et le comte Zacha ! ajouta son frère, les yeux écarquillés. Il poursuit les pigeons. Moi aussi, je veux les poursuivre.

Il écarta les bras et pivota pour passer devant elle.

– Pchuiiiit-pchuiiiiit ! cria-t-il pour imiter le bruit de son Guerri-Coptère en faisant semblant de voler vers le rez-de-chaussée. Gare à vous, les pigeons ! Je vais vous attraper pour me faire une tourte !

La matinée traîna en longueur. Le temps passait lentement. Livy guettait toutes les horloges de Temple College et vérifiait souvent son téléphone, comptant combien d'heures il lui restait à tenir avant de pouvoir sortir par sa fenêtre pour aller sur le toit.

– Ça va ? demanda Célia pendant que Livy repoussait sur son assiette le déjeuner qu'elle ne mangeait pas. Tu as l'air distraite.

Livy avait la peau qui la brûlait et la démangeait ; son sang lui paraissait trop chaud dans ses veines. Elle leva les yeux et vit un autre portrait de Peter Burgess, qui la toisait. Il semblait plus vieux et plus triste sur ce tableau – ses yeux noirs auraient aussi bien pu être des trous percés dans la toile – et il tenait une rose blanche à la main. Livy ne l'avait jamais remarqué avant, mais une grosse goutte de sang vermillon perlait sur un des pétales.

« Le garçon sur le toit », songea-t-elle pour la centième fois de la journée. Quelles étaient donc ces « vieilles querelles sanglantes » qu'il y avait entre eux ? Et qu'est-ce qui était censé recommencer ? Mais la question la plus troublante était la suivante : comment tout cela pouvait-il avoir le moindre rapport avec elle ?

Célia lui donna un coup de coude.

– Livy ? Qu'est-ce qui se passe ?

Elle haussa les épaules. L'effort nécessaire pour parler lui était presque insupportable.

– J'ai mal à la tête.

– Tu veux que je t'accompagne à l'infirmerie ? L'infirmière nous donne toujours du chocolat et tu pourras t'allonger.

Livy secoua la tête.

– Je peux avoir ton dessert ? demanda Martha.

Sans attendre de réponse, elle planta sa cuillère dans le crumble de Livy.

– Si tu ne le manges pas… On est jeudi. J'ai le droit de prendre un dessert le jeudi.

Elle poussa son plateau vers Martha.

– Sers-toi.

Elle était seule dans la cour des Sentinelles. Célia était allée à l'un de ses nombreux clubs. Aujourd'hui, c'était le groupe d'étude « Jeunes femmes de science » avec Mrs Smythe. Martha et Amy, qui avaient promis de veiller sur Livy, se tenaient à quelques pas de là et chuchotaient entre elles en regardant le téléphone de Martha.

Voyant Alex disparaître sous l'arche qui menait au cloître, Livy le rejoignit.

– Où est-ce qu'elle va ? entendit-elle Amy demander à Martha.

– Être barbante ailleurs.

Alex contemplait une plaque bleue fixée au mur, avec une inscription en lettres d'or. Livy se rappela ce que Célia lui avait dit : sur cette plaque figuraient les noms des enfants pauvres que maître Burgess avait fait venir à Temple College pour qu'ils soient instruits à ses frais.

– Qu'est-ce que ça a de si intéressant ? demanda Livy.

– Tu ne vois rien d'étrange ? répliqua Alex sans détacher les yeux des lettres d'or terni, manifestement pas étonné de la présence de la jeune fille.

Livy leva les yeux.

– *Hugh Foxe, Ezra Maskelyne…*

Elle se tourna vers Alex.

– C'est le nom d'une des sections, ça, non ?

Il acquiesça.

– En hommage à son fils. Quelqu'un d'important dans le domaine de l'astronomie.

– *Josiah Phelps*, continua Livy. Ils avaient des noms super-bizarres à l'époque.

– Je ne parle pas des noms, s'impatienta Alex. Regarde leur disposition.

Il pointa le doigt.

– Il y a un trou ici, chuchota-t-il en tapotant la plaque. Comme si le nom de quelqu'un avait été effacé.

Livy regarda. Elle prit le risque de se hausser sur la pointe des pieds, bien que la sensation qu'elle éprouvait en décollant les talons du sol fût inquiétante, et posa le doigt sur l'endroit qu'Alex désignait. On y avait appliqué une couche supplémentaire de peinture bleue.

– Il est arrivé quelque chose à ce garçon, commenta Alex, songeur. Sinon, pourquoi on aurait effacé son nom ?

– Peut-être qu'il a juste quitté l'école.

Il secoua la tête.

– Ce ne serait pas une raison pour effacer son nom. Je pense qu'il s'est passé quelque chose de plus grave que ça et que l'affaire a été étouffée. On dirait que quelqu'un a essayé de gommer non pas seulement le nom du garçon, mais aussi son existence.

– Pourquoi tu t'en préoccupes tellement ?

Néanmoins, Livy était intriguée elle aussi.

– Je te l'ai dit : je m'intéresse à l'histoire de Temple College ; à tous les vitraux et tableaux. Mais quand j'ai demandé à Mr Hopkins pourquoi Peter Burgess avait mis sept Sentinelles sur le toit, il s'est contenté de me répondre « *tempus fugit* » et « seul un vrai Burgess pourrait le savoir ». Tu parles d'une réponse ! D'autant que maintenant il est clair que tu ne sais rien du tout, toi !

Mais j'ai eu l'impression qu'il avait peur, aussi, qu'il me cachait quelque chose.

La pause-déjeuner était presque terminée. Ils retournèrent d'un pas lent dans la cour des Sentinelles. Alex leva les yeux vers le toit.

– Tu vois ? Tu en comptes combien ?

– Il y en a sept, répondit Livy. Je n'ai pas besoin de les compter.

– Et pourtant, il n'y a que six noms sur cette plaque, rappela Alex d'un ton pensif.

– Sept Sentinelles, six élèves…

Livy essayait de se rappeler quelque chose.

– Mrs Smythe a dit que c'était peut-être plus cher d'instruire un garçon que de faire sculpter une Sentinelle. Peut-être que maître Burgess allait choisir un autre enfant mais qu'il s'est trouvé à court d'argent, finalement.

– C'est encore un truc qu'elle a raconté pendant ton entretien ? Celui dont tu ne te souviens plus trop ? fit Alex d'un ton blasé.

Livy fut distraite par Célia, qu'elle vit en conversation animée avec Amy et Martha. Les trois filles s'interrompirent pour reluquer Joe Molyns lorsqu'il passa devant elles. Il s'arrêta quelques mètres plus loin sans remarquer son public.

Alex demanda, perplexe :

– Pourquoi Célia perd-elle son temps avec ces deux-là ?

– C'est des histoires de filles, répondit Livy. Tu ne peux pas comprendre.

Livy pensait à Célia et Joe lorsqu'elle tourna dans Leaden Lane. Était-il vraiment possible qu'il s'intéresse davantage à Martha ou à Amy ?

– Je donnerai un penny pour vos pensées, Miss Burgess !

Mr Hopkins, l'air fatigué et aussi débraillé que s'il avait passé la nuit sous un pont ou dormi sur un banc, lui avait tapoté l'épaule. Son chapeau était tout aplati, comme s'il s'était assis dessus.

– Oh, ce n'est rien, expliqua Livy. Je pensais juste à des gens de mon collège.

Elle sourit. Elle se sentait mal à l'aise devant ce pauvre homme qui avait été expulsé de sa maison et manquait manifestement d'un endroit où dormir, désormais.

– Pas Mrs Smythe ? vérifia Mr Hopkins avec une grimace.

– Non.

– Vous me rassurez, Miss Burgess.

Pressée de changer de sujet, d'oublier que Mrs Smythe avait renvoyé Mr Hopkins et donné son travail et sa maison à son père, Livy demanda :

– Je peux vous poser une question ?

– Bien sûr. Je serais ravi de vous aider. Si je peux. Il fut un temps où l'on me posait des questions toute la journée. On trouvait des tas d'esprits curieux à Temple College.

Il avait les yeux pétillants.

– Pourquoi y a-t-il sept Sentinelles sur le toit ? Vous avez dit à un copain à moi que seul un vrai Burgess pourrait le savoir.

– Vous parlez d'Alex ? Le petit Russe futé ?

Livy hocha la tête.

– Peut-être que vous n'êtes pas censée le savoir… Pas encore… (Il fronça les sourcils.) Une petite mise en garde, Miss Burgess. (Il jeta un coup d'œil par-dessus son épaule comme s'il craignait qu'on les entende.) Ne confiez pas à Mrs Smythe votre intérêt pour ces statues.

– Pourquoi ?

Il haussa les épaules dans son manteau élimé.

– Ça ne ferait que vous attirer des problèmes.

– Et le garçon qui a disparu ? demanda Livy.

L'homme eut l'air surpris. Son regard fusa vers Temple College.

– Quel garçon ?

– Tout le monde parle des six garçons que Peter Burgess a fait venir à Temple College…

– Et il y a six noms sur la plaque, l'interrompit Mr Hopkins. Abel Carter, Hugh Foxe, Ezra Maskelyne, Edmund Moore, Josiah Phelps et George Philips.

– Il n'y en avait pas un autre ?

– Mais non !

– Pourtant, sous le nom Josiah Phelps, il y a un espace où un autre nom pourrait tenir. On a peint par-dessus.

Mr Hopkins secoua la tête.

– Eh bien, à ma connaissance, il n'y avait que six enfants. (Il frissonna comme s'il avait froid.) Tu n'aurais pas un peu de monnaie pour un thé ? (Il toussa.) Il s'est mis à faire très froid dernièrement.

À sa fenêtre, Livy contemplait la Sentinelle à l'aile cassée. La septième Sentinelle du toit. Non. C'était stupide. Alex avait trop d'imagination. Mr Hopkins avait été très clair. Il n'y avait eu que six garçons. Elle repensa à Alex et à son regard brillant lorsqu'il regardait la plaque commémorative des élèves. Il avait convaincu Livy qu'il y avait peut-être vraiment un mystère !

Elle se demanda ce que Mahalia aurait dit si elle avait été là.

Elle leva les yeux vers le ciel. L'hiver était lourd et froid. Il y avait tant de journées que Mahalia n'avait pas vues.

– Où es-tu ? murmura-t-elle à une étoile brillante au-dessus de la tête de la statue. Est-ce que tu me vois ? Non ! Ne regarde pas là-bas. J'ai déménagé. Je suis ici. Je me penche par la fenêtre pour te faciliter la tâche. Regarde, je te fais signe.

Elle laissa retomber son bras, le cœur serré. Elle se sentait un peu bête.

– Je suis coincée, Mahalia, dit-elle sans trop savoir si elle s'adressait à son amie ou si elle se parlait à elle-même. Je ne sais plus ce qu'il faut penser de quoi que ce soit. Ni ce que je ressens. À part une confusion totale. Je voudrais tant que tu reviennes me parler. Dis-moi que tu vas bien. J'ai parlé à Jerron…

Mais elle ne voulait pas en dire davantage sur cet après-midi-là. Le garçon ne connaissait même pas le nom de Mahalia.

– Je suis dans un nouveau collège, maintenant. Avec d'autres gens. Tu as peut-être vu Martha et Amy. Ce sont les filles à paillettes les plus pailletées de la planète. Mais Célia est sympa. Tu l'aimerais bien, je pense. Elle est dingue d'un garçon qui s'appelle Joe. Mais elle ne veut pas lui parler. Elle n'est pas aussi courageuse que toi.

Livy avait la gorge sèche. Elle se mordilla la lèvre un moment.

– Et puis il y a un autre garçon qui s'appelle Alex. C'est un grand passionné d'histoire. Il pense qu'il y a un mystère au collège. Il pense qu'un élève a disparu. Il y a plusieurs siècles, quand le collège venait d'ouvrir. Sauf que selon Mr Hopkins – l'ancien bibliothécaire, mon père a repris son boulot, c'est une longue histoire – ce garçon n'a jamais existé…

Elle ne s'arrêtait plus.

– Excuse-moi si je t'ennuie… Et à part ça, il y a…

Comment expliquer qu'elle était montée sur le toit ?

Livy enjamba le rebord de sa fenêtre.

– Je vais te montrer, tout simplement. Regarde-moi, Mahalia…

17

Livy se sentit immédiatement plus légère, comme si la confusion et le poids de la journée n'étaient plus un fardeau.

– Abel Carter, Hugh Foxe, chuchota-t-elle. Ezra Maskelyne, Edmund Moore, Josiah Phelps, George Philips…

Ces six noms avaient la qualité d'un poème, songea-t-elle. Ou d'un sortilège.

– Tu me vois, Mahalia ? demanda-t-elle. Regarde comme je suis rapide ! Je n'ai pas peur. Je suis courageuse. Comme toi.

Elle tendit les mains vers la Sentinelle dont elle crut voir les grandes ailes frissonner et remuer pour faire apparaître… le garçon ! Juché sur le muret, il regardait en bas, dans la cour des Sentinelles.

– Hé ! cria-t-elle.

Il se retourna. Son manteau voletait dans le vent. Livy accéléra l'allure.

– Je peux te parler ?

Le garçon se mit en colère.

– Va-t'en ! hurla-t-il.

– Mais je veux te parler ! Je veux te dire que…

– C'est de l'or que tu veux ? Comme le dernier Burgess ? Tu veux être riche au-delà de toute mesure ?

– Non ! tempêta Livy.

Ce garçon devait être perturbé pour vociférer de cette façon.

– Un enfant va souffrir ! lança-t-il, le visage déformé par la fureur. Je ne t'aiderai pas ! Je ne me laisserai pas mettre des sangsues !

Il se détourna et leva les bras comme s'il s'apprêtait à plonger dans une piscine.

Livy s'immobilisa.

– Des sangsues ?

Mais l'étrangeté de ses propos fut bientôt oubliée ; le garçon se mit sur la pointe des pieds. Il ferma les yeux, se pencha vers l'avant.

– Non ! cria Livy, mais il resta, tout au bord du toit, pendant une éternité.

Les minutes s'étirèrent. Comment faisait-il pour flotter si longtemps dans l'air ?

– Arrête ! s'égosilla la jeune fille en se remettant à courir vers lui.

Il lui jeta un regard noir par-dessus son épaule.

Puis il sauta.

Livy s'arrêta net. Que venait-elle de voir ? Le garçon était là et, l'instant d'après, il avait disparu.

– Il va bien, il va bien, il va bien, se répéta-t-elle en montant sur le toit.

Mais son cœur battait la chamade et ses paumes étaient tellement glissantes qu'elle faillit tomber sur le toit de la maison d'en dessous.

Elle grimpa précipitamment sur le muret, et elle était dans un tel état qu'elle crut sentir l'aile cassée de la Sentinelle frémir lorsqu'elle la toucha. La plaque de plomb trembla sous ses pieds : une lourde porte venait d'être claquée dans les entrailles de la tour. Livy entendit un bruit de course dans la cour des Sentinelles. « C'est lui ? » Les tempes bourdonnantes, elle se força à regarder par-dessus le muret pour voir ce qui se trouvait en bas, quoi que ce fût.

Mais aucun corps brisé ne gisait sur les pavés, et l'individu qu'elle avait entendu courir avait disparu dans les ombres noires projetées par la lune.

– Où es-tu ?

En scrutant la cour, Livy remarqua que la fenêtre de la tour, juste en dessous d'elle, semblait ouverte. Était-ce le garçon qui l'avait poussée ? Était-il descendu en varappe ? Il n'avait aucun autre moyen de s'en aller. Une gouttière paraissait solide. Si elle arrivait à s'y cramponner, elle pourrait peut-être atteindre la fenêtre. Ce ne serait vraiment pas si difficile.

Elle passa les jambes par-dessus le muret, se pencha pour attraper le tuyau en métal froid et, quelques instants plus tard, elle avait sauté au-dessus du vide. Elle se tenait sur le rebord en pierre de la fenêtre arrondie, tirant sur le battant pour l'ouvrir davantage. Mais ensuite, elle dut s'arrêter : le volet intérieur était coincé. Elle glissa les doigts entre les panneaux de bois. Quand ils cédèrent, son cœur fit un bond dans sa poitrine et elle faillit tomber à la renverse. Elle attrapa juste à temps l'encadrement de la fenêtre à meneaux.

Elle reprit son souffle avant de pousser le lourd volet. Il s'ouvrit en grinçant plaintivement.

Livy s'introduisit à l'intérieur de la tour ; la fenêtre était si petite que la jeune fille dut se baisser et serrer ses jambes contre sa poitrine pour pouvoir sauter sur le plancher.

Sa vue s'habitua lentement à l'obscurité.

18

Livy se trouvait dans une petite pièce circulaire et basse de plafond.

– Il y a quelqu'un ? appela-t-elle.

Pas de réponse. Elle gagna la porte et tourna la poignée dans tous les sens. C'était fermé à clé. Voyant des bûches brûler dans une cheminée en pierre sculptée, comme elle avait froid aux mains, Livy s'avança. La chaleur des flammes était si délicieuse qu'elle s'affala dans les profondeurs d'un fauteuil ramolli recouvert de velours. Près de son coude, sur une table basse, on avait déposé un pichet d'étain, un gobelet en corne et une assiette de biscuits recouverts de glaçage.

Soudain affamée, Livy laissa planer sa main audessus des petits gâteaux. Quelqu'un risquait-il de remarquer leur disparition ? « Je vais juste en prendre un ou deux », se dit-elle en redisposant les autres pour rendre son larcin moins visible. Ils avaient un goût de beurre, de sucre brun et de cannelle. Elle se versa à boire dans le gobelet et savoura son sirop de fleurs de sureau, la boisson préférée de Mahalia.

Revigorée, Livy regarda autour d'elle.

« Quel étrange endroit ! » se dit-elle.

Était-il possible que le garçon vive ici ? Ce serait bizarre… Peut-être était-il redescendu dans cette pièce chaque fois qu'il avait disparu si vite. Il y avait un miroir rond au mur, mais lorsqu'elle alla se regarder dedans, il ne lui présenta pas son reflet. Il resta plus noir que la nuit. Il y avait des tas de cristaux sur des tables et un grand placard qui, lorsqu'elle l'ouvrit, révéla des colonnes de tiroirs étroits. Livy en tira un et découvrit à l'intérieur des plateaux de plumes étiquetées avec soin.

La porte étant verrouillée, elle serait obligée de repartir comme elle était venue. Mais pourquoi le garçon avait-il fermé à clé ? Y avait-il quelque chose de précieux dans cette pièce ? Quelque chose de plus précieux qu'un plateau de plumes ?

Des inscriptions étaient gravées dans l'encadrement de la porte. Livy tendit le bras pour les toucher. Elles devaient être anciennes, car elles étaient sombres et un peu effacées, comme si on les avait tracées avec un morceau de charbon.

– *RS*, souffla-t-elle.

Ça ne lui évoquait rien.

Incapable de se retenir, elle prit un autre biscuit. Mais, en pensant qu'elle mangeait peut-être la nourriture du garçon, elle le reposa. Elle aimait l'imaginer assis ici, devant le feu, entouré des schémas astrologiques affichés partout sur les murs. Il avait toujours l'air d'avoir si froid et si faim.

Peut-être que ces livres, sur l'étagère, lui appartenaient. Elle prit un petit volume et lut les minuscules lettres d'or de la reliure de cuir :

– *Le Poids d'une aile d'ange. Par un érudit de Temple College.*

Elle l'ouvrit délicatement et laissa échapper un hoquet de surprise devant les dessins à l'encre sophistiqués qui représentaient un ange volant dans l'air nocturne, ses cheveux flottant autour de son noble visage, vêtu d'une longue toge comme la Sentinelle.

– *L'envergure des ailes d'un ange a la longueur de sept royaumes célestes*, lut Livy, *et ne pèse pas plus qu'un pétale de rose.*

C'était drôlement étrange : depuis des siècles, Temple College était réputé pour former des scientifiques. Ce matin-là, Mrs Smythe avait même rassemblé tout le collège pour parler d'un physicien célèbre qui avait été un Templier. Livy n'avait pas écouté, préférant contempler les vestiges du vitrail, désormais recouverts de bâches en plastique. Mais elle se souvenait d'une remarque de Mrs Smythe : la véritable découverte qui avait été faite à Temple College, selon elle, c'était qu'il ne faut croire que ce qu'on peut voir de ses propres yeux.

– Il y a quatre cents ans, on n'étudiait pas la magie à Temple College, contrairement aux autres écoles de l'époque, avait-elle déclaré. Juste la science.

Pourtant, Livy avait dans ses mains un livre écrit à Temple College, qui n'avait rien de scientifique : il ne parlait que d'anges et de royaumes célestes – des choses imaginaires que l'on ne peut jamais voir.

Elle mit une autre bûche dans le feu et, pendant que des étincelles volaient, elle remarqua une petite paillasse de laboratoire sur laquelle on avait disposé plusieurs fioles et autres vases à bec en verre. Le garçon conduisait-il une sorte d'expérience ? Elle repensa à cette curieuse odeur de brûlé qui semblait toujours l'accompagner. Sur la paillasse, elle trouva un autre livre, mince et relié de cuir rouge. Le titre, *De l'alchimie*, était estampé en lettres d'or à demi effacées sur la couverture.

Sur la première page, une gravure sur bois représentait une rose percée d'une lance, avec une goutte de sang colorée à l'encre rouge vif. On trouvait des roses de ce genre partout dans Temple College. Elles apparaissaient si souvent que plus personne ne les remarquait. Comme ces mots, « *Tempus fugit* » ; personne ne savait très bien ce qu'ils signifiaient.

Livy tourna la page. Les lettres semblaient trembler lorsqu'elle lut : *Comment fabriquer une poudre d'altération pour guérir et purifier le sang.* Sous le titre, on avait dessiné des fioles et des vases à bec disposés exactement comme sur la paillasse.

Était-ce là ce que le garçon était en train d'étudier ? Essayait-il de résoudre le problème du sang impur, du sang qui ne se comportait pas comme il le devait ? Un remède tel que la poudre d'altération aurait pu sauver

Mahalia. Pourrait-elle empêcher le cœur de Livy de battre si vite et stopper cette sensation de démangeaison, de brûlure sous sa peau ? Elle sentit le sang de ses veines entrer en ébullition, comme s'il lui répondait par l'affirmative. Livy prit une fiole remplie d'une étrange poussière grise. Elle la secoua et la poussière se colla aux parois. Elle repensa à son devoir de sciences – un traitement contre la leucémie – et aux encouragements de Mrs Smythe. Était-elle vraiment capable de fabriquer une poudre qui calmerait son sang ? Était-ce exagéré d'imaginer que ce vieux grimoire usé, rédigé à l'époque où la médecine se rapprochait davantage de la magie que de la science, contenait un secret longtemps ignoré qu'elle seule pouvait comprendre ?

Elle repensa aux paroles d'Alex : « À treize ans, personne ne trouve de traitements contre quoi que ce soit. »

Livy reposa la fiole, découragée. C'était impossible et, de toute façon, c'était trop tard pour Mahalia…

Mais dans ce cas, pourquoi le garçon, car ce devait bel et bien être sa chambre, avait-il disposé ces fioles, ces vases à bec, ces poudres et ces liquides ainsi, comme c'était indiqué dans le grimoire ? Elle lut et relut le livre, tâchant de comprendre ce qu'elle était censée faire. Les mots lui évoquaient un conte de fées : il était question de rois rouges et de reines blanches… Le rouge et le blanc. Le sang rouge était une bonne chose, évidemment, mais le sang blanc…

Livy se souvint du tube très fin – un cathéter – enfoncé dans le dos de la main de Mahalia la première fois qu'elle avait été hospitalisée. C'était pour que les infirmières puissent lui prélever du sang, flacon après flacon. Mahalia ne se plaignait pas, mais elle avait dit que ça lui faisait mal à la veine. Peter Burgess, d'après Mrs Smythe, s'était servi de sangsues pour récolter le sang nécessaire à ses expériences. Elle frissonna. Ses jeunes patients étaient-ils aussi calmes que Mahalia ? Ou bien se tortillaient-ils en poussant des cris d'effroi pendant qu'on leur posait les bestioles sur la peau ? Mais peut-être que les sangsues ne faisaient pas mal, en fait. Peut-être qu'elles chatouillaient, comme lorsque Mahalia et elles s'allongeaient sur la pelouse du parc pour bavarder sans fin, et que des fourmis se baladaient sur elles. Sur ses portraits, maître Burgess n'avait pas l'allure d'un homme cruel.

Un rayon de lumière grise s'étira sur le sol. Le soleil s'était levé !

Livy reposa le livre sur l'étagère, mangea un dernier biscuit et sortit par la fenêtre.

Elle n'était pas fatiguée. Au contraire, elle avait l'impression qu'elle avait dormi très longtemps et venait seulement de se réveiller. Elle s'étendit de tout son long sur le toit et contempla le visage de la Sentinelle, au-dessus d'elle. Il devait faire froid, car son souffle formait de petits nuages, mais elle avait chaud, comme si la flamme de la bougie de la petite pièce brûlait désormais en elle.

Elle venait de sauter sur le toit derrière la Tour blanche quand elle entendit une voix derrière elle :

– Levez-vous, enfants dorés !

Elle se retourna : un homme vêtu d'une longue cape

noire se tenait sur le toit, les bras écartés comme s'il voulait hisser le soleil au-dessus de l'horizon et le placer haut dans le ciel. Un groupe d'enfants se blottissaient les uns contre les autres.

– Hé ! lança Livy. Attention !

Mais ils ne l'entendaient pas.

Avait-elle des hallucinations ? La lumière avait une qualité particulière, elle était frémissante et bourdonnante. Les silhouettes n'avaient guère de consistance ; elle dut plisser les yeux pour que l'image reste nette. Les garçons étaient habillés bizarrement : ils portaient de grandes blouses en tissu fin. Ils se cramponnaient les uns aux autres, et leurs corps frêles frissonnaient dans la fraîcheur matinale. L'un d'eux ne semblait guère plus âgé que Tom. Il tourna la tête vers Livy.

– Attention ! cria-t-elle.

Il était tout petit et trop près du bord.

– J'ai tellement faim, murmura-t-il, les lèvres sèches. Je pourrais manger le ciel tout entier comme une tarte.

Livy voyait les dernières étoiles du matin à travers lui ; il n'était pas plus consistant qu'un mince filet de brume.

Une sirène retentit dans la rue, en bas. L'air trembla et se vida.

« C'était juste un rêve éveillé », se dit Livy en descendant prudemment sur les tuiles pour regagner sa chambre ; une illusion provoquée par sa nuit blanche dans la tour à essayer de trouver un remède contre les maladies du sang. Et cela s'était mélangé, telle une potion tourbillonnant dans une fiole, avec Alex et ses lubies sur les élèves que maître Burgess avait amenés à l'école. Oui. Voilà ce que c'était. Son imagination fabriquait des images à partir de rien.

Livy décolla des cheveux de son nez. Ils sentaient la fumée. De même que son pull d'uniforme. Elle se rappela ses séances avec la psychologue chez qui sa mère l'avait envoyée durant ces longues, ces interminables semaines d'été qui avaient suivi la mort de Mahalia.

« Il y aura des choses que tes parents ne pourront pas comprendre concernant ce que tu vis, lui avait dit cette femme. Et même si tu leur en parles, ils ne pourront pas t'aider... »

En entendant ces mots, Livy s'était sentie toute petite et très seule. Elle avait toujours eu quelqu'un à qui parler, avant. Mais à présent, les secrets s'entassaient et elle n'avait personne avec qui partager les étranges sensations physiques qu'elle éprouvait, lorsque son sang semblait brûler dans ses veines et que ses talons décollaient du sol. Elle ne pouvait se confier à personne à propos de son furieux désir de sortir par la fenêtre et de monter sur le toit. Ni du garçon qui avait disparu dans la nuit. Non, elle ne pouvait vraiment parler de lui à personne...

Mais elle avait découvert un texte sur une poudre d'altération qui pouvait soigner et purifier le sang. Alors elle fabriquerait cette poudre qui, si c'était trop tard pour Mahalia, pourrait altérer son sang à elle, la débarrasser de ces sensations, de ces secrets, de ces stupides visions, pour qu'elle redevienne enfin elle-même.

– Tu l'as vu ?

C'était Tom. Il était monté sur le rebord de la fenêtre de Livy et il se penchait dehors, tendant son petit cou pour la regarder.

– Tom, fit-elle le plus calmement possible. Je veux que tu redescendes.

L'enfant ne semblait pas se soucier du fait qu'il n'était qu'à quelques centimètres d'un grave danger.

– Mais tu as vu le comte Zacha ?

Tom scrutait le ciel et la Sentinelle, derrière sa sœur.

Aussi vite qu'elle l'osa, Livy se laissa glisser jusqu'à sa fenêtre et fit descendre son frère du rebord en le poussant presque.

– Ne remonte plus jamais là-dessus, tu m'entends ? gronda-t-elle, le cœur battant.

Tom plissa les yeux.

– Pourquoi tu peux sortir par la fenêtre et pas moi ?

Elle le regarda. Il avait les cheveux ébouriffés et frottait ses paupières bouffies. Que dire ?

– Tu es fatigué, lui chuchota-t-elle à l'oreille en le prenant dans ses bras. Je ne pense pas que tu m'aies vue entrer par la fenêtre. Je pense que tu es en train de rêver.

Tom appuya sa tête sur l'épaule de sa sœur.

– Plus tard, quand tu te réveilleras, tu seras bien au chaud dans ton lit, continua Livy en le portant à l'étage en dessous.

Tom se redressa et la considéra d'un air soupçonneux :

– Mais je ne crois pas que c'est un rêve. Je pense que je suis réveillé. Regarde !

Il écarquilla les yeux.

– Je n'en suis pas si sûre, Tom, murmura-t-elle en posant son frère sur son lit. Les rêves peuvent paraître très réels.

Elle borda la couette autour de son petit corps d'enfant et lui caressa les cheveux.

Tom bâilla. Il battit des cils puis ses paupières se fermèrent.

– Je suis allongé sur un nuage, dit-il.

– Il est doux ? demanda Livy.

– Il flotte, souffla Tom en suçant son pouce.

Elle resta assise près de lui jusqu'à ce que sa respiration devienne régulière et que son pouce tombe de sa bouche.

19

Martha et Amy mijotaient quelque chose, Livy le voyait bien. Elles passèrent toute la première heure à chuchoter et à glousser d'une façon encore plus théâtrale que d'habitude.

Lorsqu'elles quittèrent la salle, Livy reçut une notification sur son téléphone : c'était une courte vidéo tremblotante.

– Qu'est-ce que c'est que ça ? demanda Célia en tendant le cou pour voir l'écran.

– Rien !

Livy remit son téléphone dans sa poche. Elle ne donnerait pas à Martha et Amy la satisfaction de savoir qu'elle avait vu leur petit film.

Mais – naturellement – Célia avait reçu le même message. Livy aurait voulu lui dire de ranger son téléphone, mais cela n'aurait fait qu'aggraver les choses. Martha et Amy allaient se régaler de cette crise. À présent, Célia regardait la vidéo, qui s'ouvrait sur un groupe de vestes grises que le mouvement rendait floues. Elles s'écartaient et on découvrait Célia, avec un air subjugué et un regard enamouré, et les mots « Célia Jones ❤ Joe Molyns » inscrits sous son visage. La personne qui la filmait en cachette déplaçait ensuite son téléphone pour montrer ce que Célia contemplait de cette façon : Joe Molyns, qui lui tournait le dos sans remarquer sa groupie. Enfin, le *hashtag* « #amourasensunique » scintillait en vert fluo sur l'écran pendant qu'une larme de dessin animé s'écrasait sur le sol.

– Oh, fit Célia dans un souffle en rangeant son téléphone.

– Célia ! Tu as vu ça ? hoqueta Amy en agitant le sien.

– Qui a pu faire un truc aussi méchant ? ajouta Martha d'un air faussement soucieux.

D'autres personnes du groupe qui attendait le cours suivant regardaient leur téléphone en chuchotant, puis se tournaient vers Célia pour la fixer avec des yeux ronds.

– C'est vraiment trop cruel. Ne pleure pas, Célia.

Amy avait les yeux brillants.

– Elle ne pleure pas, déclara Livy en entraînant Célia dans la salle.

Célia ferma les yeux.

– Je n'y survivrai jamais.

– Efface-le et puis c'est tout.

– Mais qu'est-ce qui va se passer si… si… Joe Molyns le voit ?

Elle s'écroula sur une chaise et posa une main sur sa joue cramoisie.

– Dis-moi : c'est vraiment si voyant que ça ?

– Ça m'étonnerait qu'il tombe dessus. Ça n'a été envoyé qu'à notre classe.

Célia gémit.

– Qu'est-ce que je vais faire ?

– Rien.

– Quoi !

Elle avait l'air interloquée.

– Tu ne vas rien faire du tout. Tu ne leur feras pas le plaisir de voir qu'elles t'ont fait de la peine. Si elles ne peuvent pas t'atteindre, elles ne peuvent pas gagner.

– Qui ça, « elles » ? Qui a bien pu me faire un coup pareil ?

– Tu ne le sais vraiment pas ?

La bouche de Célia frémit.

– Elles n'auraient pas fait ça…

– Si. Elles l'ont fait.

– Mais ce sont mes amies !

– Écoute, on est désolées.

Livy et Célia se retournèrent. Martha et Amy se tenaient sur le seuil.

– Ne te fâche pas, Célia, reprit Martha en faisant la grimace. C'était juste une petite blague pour rigoler.

– Une petite blague parfaitement inoffensive, ajouta Amy.

– Vous voyez Célia rigoler ? siffla Livy.

– C'était quand même un *tout petit peu* drôle, articula Martha comme si Livy était idiote. Avec le *hashtag* et la larme…

Elle mima un air exagérément triste.

– En quoi ? En quoi c'est drôle pour Célia ? répliqua Livy.

Martha se retenait de sourire.

– Bah, Livy, on ne pouvait pas s'attendre à ce que tu comprennes, *toi*. Tu ne sais pas comment ça marche ici. Tu es nouvelle. Et… et… différente.

– C'est comme ton sac, l'interrompit Amy. Franchement…

Elle leva les yeux au ciel.

– Mais Célia est comme *nous*. Elle comprend nos petites blagues, continua Martha. Elle sait qu'on trouve les autres *amusants*.

Martha regarda fixement Célia, qui baissa les yeux vers sa table.

– Tu te rappelles, Célia, qui on a trouvé drôle hier ?

– Non, répondit-elle. Non, je ne m'en souviens pas. De toute façon, même si je m'en souvenais, ça ne m'a pas plu. Je n'étais pas d'accord avec vous. C'était méchant, ce que vous avez dit. Et injuste.

– Bon, si tu tiens à le prendre comme ça…

Martha secoua ses cheveux.

– Bonne chance avec ta nouvelle meilleure amie pour la vie. Ou plutôt avec *ton boulet*.

Amy ricana et les deux filles filèrent à l'autre bout de la salle lorsque Mr Bowen entra.

– Je suis désolée, chuchota Célia à Livy tandis que Mr Bowen distribuait des feuilles d'exercices. Elles ont dit des trucs un peu méchants sur toi hier et je ne t'ai pas assez défendue.

Livy savait ce que ça faisait de ne pas défendre quelqu'un. Quand les filles à paillettes de son ancien collège s'étaient moquées de Mahalia parce qu'elle était trop fatiguée pour aller en cours de sport, Livy s'était tue pour éviter qu'elles se retournent contre elle. Une semaine plus tard, Mahalia était entrée à l'hôpital.

– Alors que toi, tu m'as défendue, poursuivit Célia. Merci.

Et elle pressa le bras de Livy.

– Qu'est-ce qui s'est passé ?

En retard, comme toujours, Alex jeta son sac sous la table et s'affala sur une chaise derrière elles.

– Vous avez l'air drôlement énervées, toutes les deux.

– C'est des histoires de filles, expliqua Livy.

– Des histoires de filles méchantes, rectifia Alex. Laissez-moi deviner : Martha et Amy.

Célia parut nerveuse.

– Pas la peine d'en parler.

– Cette vidéo débile t'a fait de la peine ?

– C'était humiliant, Alex, marmonna Célia.

– Pas vraiment. Ces deux filles sont stupides. Ce sont elles qui devraient se sentir humiliées.

Célia n'avait pas l'air convaincue.

– Tu n'as qu'à en parler à Mr Bowen. Ça leur fichera la trouille !

– Non, Martha et Amy seraient ravies que ça crée des histoires, soupira-t-elle. Qu'est-ce que je vais faire ?

Elle jeta un coup d'œil vers l'autre bout de la salle.

– J'ai club de dessin avec elles après le déjeuner.

– Viens au club d'échecs à la place ! proposa Alex avec un sourire. Tu peux venir aussi, Livy.

– Les échecs ? grogna Célia. Ça va être ça ma vie, maintenant ?

Lorsqu'elle monta sur le toit cette nuit-là, Livy refusa de s'avouer qu'elle espérait revoir le garçon. Si elle hésita avant d'enjamber le muret pour s'agripper à la gouttière et sauter vers la fenêtre, elle se dit que c'était parce qu'il faisait clair et froid cette nuit-là et qu'elle voulait regarder les étoiles. Malgré les lumières de la ville, elle voyait distinctement l'étoile du Nord au-dessus d'elle.

« Je ne serai pas déçue si je trouve la pièce déserte quand j'ouvrirai les volets », se dit-elle.

Naturellement, il n'y avait personne, mais lorsque la jeune fille sauta dans la pièce silencieuse, elle eut l'impression que quelqu'un venait d'en sortir. Les bûches avaient été allumées récemment et il faisait encore frais.

Elle prit un biscuit – juste un, au cas où le garçon aurait faim à son retour.

– J'avais une amie, chuchota-t-elle pour répéter ce qu'elle dirait si la porte s'ouvrait et que le garçon entrait.

Il perdrait son air revêche quand elle lui expliquerait ce qu'elle essayait de faire.

– C'était ma meilleure amie. On faisait tout ensemble. Mais ensuite, elle est tombée malade. Elle avait un problème de sang. Tu savais que Peter Burgess appelait le sang une « force vitale » ?

Non, elle ferait mieux de ne pas mentionner Peter

Burgess ; il reprendrait son air revêche. Elle choisit un autre biscuit en réfléchissant à ce qu'elle pourrait dire.

– Mon amie est toute seule, maintenant, continua-t-elle en se représentant dans la pièce encore déserte l'image tremblotante du garçon.

Elle lui fit pencher la tête comme s'il l'écoutait avec une attention redoublée.

– Mahalia était hyper-marrante. Même *toi*, elle t'aurait fait rire ! On se racontait tout. On s'est promis de ne jamais garder de secrets l'une pour l'autre, et maintenant, chaque jour que je passe sans elle, je brise cette promesse.

Livy ferma les yeux.

– Elle doit se sentir drôlement seule, parce qu'elle a été obligée de laisser tout le monde derrière elle.

Elle déglutit.

– À qui peut-elle parler, maintenant ?

Le visage imaginaire du garçon se radoucit. Elle l'avait fait compatir avec Mahalia.

Livy ouvrit les yeux. Elle lui fit demander depuis combien de temps son amie était toute seule.

La gorge nouée, elle répondit à voix basse :

– Cinq mois. Ça fait long… trop long pour Mahalia.

« Et ce n'est que le début », répondit le garçon imaginaire en secouant la tête.

– Le truc, c'est que…

Livy renifla. Cette conversation était plus difficile qu'elle ne l'aurait cru.

– … J'aimerais bien me faire des amis. Célia est sympa,

et Alex aussi. Mais je trouve ça injuste d'oublier Mahalia et d'être heureuse avec d'autres personne, alors qu'elle est si seule.

Le garçon acquiesça. Il avait l'air de comprendre.

– Je pense que toi aussi, tu te sens seul, chuchota Livy.

Bien que ce fût une conversation imaginaire et que le garçon soit censé réagir comme elle l'entendait, il s'éloigna d'elle pour se tourner vers la porte. Elle devait parler vite pour le convaincre de rester.

– Je pense que c'est pour ça que tu m'as crié après. Tu t'es trompé sur mon compte. Je ne suis pas comme tu le prétends. Je fais quelque chose de bien ! Je vais essayer de fabriquer cette poudre d'altération. Grâce au grimoire que tu as laissé ici pour moi, tu vois ?

Imaginant qu'il revenait vers elle, elle brandit le grimoire dans la pièce vide.

– Là, ça dit qu'on peut fabriquer une poudre qui soigne toutes les maladies du sang. Oh, je sais bien que je ne peux plus l'aider, c'est trop tard, mais… je pourrai peut-être aider quelqu'un d'autre. Même mon sang à moi fait des choses super-bizarres. Je sais, Alex a dit que je ne peux soigner personne parce que je n'ai que treize ans, mais il ne peut pas tout savoir. Je sais que ça paraît bête, mais imagine… imagine un peu… que j'arrive vraiment à transformer le sang de quelqu'un.

Livy fronça les sourcils.

– Tu serais peut-être content que je fabrique cette poudre, toi aussi ?

Une idée lui vint :

– Ton sang à toi aussi a un problème ? Peut-être que tu en as autant besoin que moi ?

Les bûches frémirent dans la cheminée, projetant une volée d'étincelles. Livy était seule dans la pièce.

Mais elle ne se sentait plus pareille. Après toutes ces semaines où son corps s'était comporté d'une façon incompréhensible et incontrôlable, elle avait peut-être trouvé un remède. Elle allait peut-être pouvoir se reposer dans un corps qui lui appartiendrait à nouveau.

Elle s'installa pour lire le grimoire à la lumière du feu, plus déterminée que jamais à fabriquer la poudre.

Il n'y avait plus d'histoires de rois rouges et de reines blanches. À présent, elle était arrivée aux pages où le mystérieux auteur du livre détaillait sa méthode. *Comptez deux cent quarante grains de poudre fine et plongez-les dans la flamme.* Livy, confuse, regarda encore les illustrations et conclut qu'elle devait chauffer une partie de la poudre de métal au-dessus de la bougie. « C'est tout ? » pensa-t-elle. Elle était perplexe ; cela ne paraissait pas très scientifique.

Livy inspecta le matériel qu'on avait laissé pour elle sur la paillasse. Dans un mortier en pierre blanche et lisse se trouvait un tas de poudre de métal sombre. Devait-elle vraiment compter les grains ? Elle prit une pince minuscule et s'efforça de les attraper un par un et de les placer dans le creux d'une petite cuillère en bois. Une fois qu'elle eut terminé, elle versa délicatement ces « grains de poudre » dans le goulot étroit de la fiole.

Elle alluma la bougie ; la flamme dansa, et s'immobilisa.

Livy fit tournoyer la poudre de métal, avant d'approcher le fond de la fiole de la flamme. Elle regarda, fascinée, la poussière grise virer au rouge vif et de petits grumeaux d'une substance blanche apparaître, comme des roses fleurissant sur un lac de sang. C'étaient les impuretés, ce que l'on appelait les scories, et qu'il faudrait gratter pour les enlever une fois que le métal aurait refroidi.

À un moment, elle se brûla la main sur le verre chauffé de la fiole. En soufflant sur sa peau, elle prit conscience de sa stupidité : comment cette poussière métallique – cette pauvre cuillerée de poudre de métal – aurait-elle le pouvoir de transformer quoi que ce soit ? Mais cette idée se dissipa rapidement quand Livy tira sa manche par-dessus sa main pour saisir la fiole. Elle répéterait sept fois l'opération, conformément aux instructions. Et demain, elle apporterait la manique de chez elle pour éviter d'autres accidents. La flamme de la bougie vacilla comme pour approuver, et Livy travailla allègrement pendant des heures, chauffant, refroidissant et grattant les scories dans le grand silence de la pièce.

20

– Tu as juste à lui dire bonjour, Célia. Tu vas y arriver.

Elles se tenaient à quelques pas de la cafétéria du collège. Joe Molyns était le deuxième dans la queue.

– Je ne peux pas ! Je serai trop stressée, je vais tout gâcher.

– Mais regarde, il se tourne les pouces, il attend pour s'acheter à boire. Ses copains ne sont pas là. Il est tout seul. Vas-y.

– D'accord. J'ai une tête correcte ?

– Elle est très bien, ta tête. Parfaite. Tu es…

Célia fila.

Mais quand elle arriva près de lui, Joe lui tourna le dos et regarda dans le couloir, comme s'il cherchait un ami. Troublée, Célia bifurqua, battit des bras d'une façon étrange et fit demi-tour, les joues en feu.

– Est-ce qu'il m'a vue ? Oh non. Oh, Livy. Je n'ai pas pu. Je ne pouvais pas, c'est tout. Qu'est-ce qu'il va penser ?

Un autre garçon avait rejoint Joe, et ils discutèrent amicalement pendant que Joe tendait son argent et prenait une bouteille d'eau.

Livy sourit.

– Il ne pensera rien du tout si tu ne fais rien. Il faut que tu sois un peu plus courageuse.

Alex les rejoignit pile au moment où Joe s'en allait.

– Vous avez un peu de monnaie ? J'ai besoin de me ravitailler !

Elles secouèrent la tête.

– Alors pourquoi vous traînez ici ?

Il posa les mains sur son ventre et fit mine de s'évanouir.

– J'ai raté le déjeuner parce que j'étais à la bibliothèque. Qu'est-ce qu'il a, ton père, Livy ? Il est de super-mauvaise humeur. Je lui ai demandé si je pouvais consulter les archives de l'école et il a failli m'arracher la tête.

Il la regardait d'un air accusateur, les yeux plissés.

– Qu'est-ce que tu veux dans les archives ? demanda-t-elle

Célia scrutait le bout du couloir dans l'espoir de voir Joe réapparaître.

– Je voulais trouver la liste des premiers élèves de Temple College. Je pensais que ça m'aiderait à découvrir ce qui est arrivé à ce garçon. Le septième pupille.

– Tu parles encore de ça ? fit Célia.

– Qui t'en a parlé ? s'étonna Alex.

– Toi. Tu essaies d'accéder aux archives depuis des semaines.

– Je suis désolée, pour mon père, intervint Livy. Il est hyper-stressé. Il n'arrive pas à trouver les livres que cherche Mrs Smythe.

– Je pensais bien que ça avait un rapport avec elle, dit Alex. Comme la majorité des trucs bizarres qui se passent dans ce collège.

Ils sortirent dans la cour des Sentinelles. Joe Molyns et ses amis tapaient dans un ballon. Martha et Amy parlaient avec l'un des joueurs.

– Beurk ! grommela Alex.

– Joe va forcément en choisir une des deux, marmonna Célia. Tu penses qu'il me remarquerait si je changeais de coiffure ? Je pourrais me faire une mèche violette.

Livy grimaça. Puis elle eut un pincement de tristesse en se rappelant que Mahalia et elle s'étaient fait des mèches argentées avec une bombe pour Halloween, l'année précédente. C'était de la peinture et elles avaient dû couper les mèches pour s'en débarrasser.

– Mais qu'est-ce qu'elles ont toutes avec leurs cheveux ? fit Alex. Tu es sympa ou tu ne l'es pas. Ta coiffure ne fait aucune différence ! Franchement, vous devez penser que les garçons sont stupides si vous croyez qu'un peu de violet va tout changer !

– Tu vas tenter de lui parler ? chuchota Livy à Célia.

– Après ce qui vient de se passer ? Je n'ai pas le courage.

– Allez, essaie.

– Je ne peux pas. Je ne peux vraiment pas.

– Il est temps de transformer cette grimace en sourire, Célia ! s'esclaffa Alex.

Livy fut si surprise qu'elle s'esclaffa à son tour.

– Viens, reprit Alex en tirant Célia par la manche. Je vais te battre aux échecs.

– Tu peux toujours rêver ! s'indigna Célia.

Plus tard, en glissant sa clé dans la serrure de sa porte d'entrée, Livy repensa au laboratoire du haut de la Tour blanche et à la poudre d'altération. Combien de temps devrait-elle attendre avant de pouvoir y retourner ? Peut-être pouvait-elle dire à sa mère qu'elle avait mal à la tête, qu'elle n'avait pas besoin de dîner, et ainsi elle pourrait monter tout de suite dans sa chambre. Elle prit l'air « malade » en ouvrant la porte. Mais sa mère ne remarqua rien ; elle la regarda à peine en apportant deux tasses dans le salon.

– Ah, Livy, fit-elle. Tu es enfin rentrée.

Elle écarquilla les yeux et pencha la tête vers la porte.

– Nous avons un invité.

– Je ne me sens pas très bien, commença Livy, mais sa mère n'y prêta aucune attention.

– Mr Hopkins est venu nous rendre visite. C'est gentil, n'est-ce pas ? Il faisait le travail de ton père, avant.

Elle baissa la voix pour que l'homme qui les attendait dans le salon ne l'entende pas.

– Je l'ai trouvé en larmes dehors sur le trottoir.

Elle haussa le ton.

– Viens donc te présenter !

Livy jeta un coup d'œil dans le salon. Mr Hopkins avait retiré son chapeau et avait pris place dans le canapé.

– Je dois dire, Mrs Burgess, que vous avez joliment décoré la maison. J'aime bien ces coussins, ils rendent le canapé très confortable. (Il soupira.) Une touche féminine…

Il avait l'air très seul, brisé et follement reconnaissant pour le thé que la mère de Livy lui avait préparé. Il serrait la tasse brûlante entre ses doigts osseux et glacés.

– Moi, c'est Tom ! s'écria le petit garçon perché sur le dossier du canapé. Je sais voler… comme le comte Zacha.

Il leva la jambe en l'air.

– Ne faites pas attention, souffla sa mère à Mr Hopkins, en levant les yeux au ciel. Il fait son intéressant.

– Ah, les jeunes, fit Mr Hopkins avec un sourire triste. Que d'imagination ! Si seulement le monde ne se révélait pas si décevant quand on grandit. Non, ne le faites pas descendre, Mrs Burgess, laissez-le rêver.

Tom bondit et atterrit en boule sur le plancher. Boum !

– Tom ! Veux-tu arrêter de faire ça ! gronda sa mère d'un ton las.

– Il doit encore travailler ses atterrissages, gloussa Mr Hopkins avec indulgence.

Plus tard, une fois que Mr Hopkins fut parti, Livy parvint enfin à convaincre sa mère qu'elle ne se sentait pas très bien. Elle s'échappa de la cuisine, après avoir accepté de prendre une pomme au cas où son faux mal de tête passerait, mais en montant l'escalier, elle entendit son père rentrer en claquant la porte. Il était de mauvaise humeur.

– Tu as passé une bonne journée ? lança sa femme.

– Raaah ! grogna-t-il. Ce maudit bonhomme !

– Qui ?

Livy jeta un coup d'œil par-dessus la rampe pour voir le haut de la tête de ses parents.

– Mr Hopkins. Franchement, si je le vois…

– Oh non, James, ne dis pas ça ! Il est charmant.

– Qu'est-ce que tu en sais ?

Il y eut une seconde de silence.

– Rose ?

– Je pense que si tu le rencontrais, James, tu changerais complètement d'avis.

– Ah oui ? J'en doute fort.

Il laissa tomber sa mallette et la poussa du pied sous la console de l'entrée.

– Écoute, j'ai de la peine pour lui, James. Il traverse des moments difficiles. Il n'a plus de travail. Il se retrouve à la rue. C'est Mrs Smythe la méchante de l'histoire. Une vraie sorcière, James. Je ne plaisante pas. Elle a tant maltraité ce pauvre homme.

– Et depuis quand tu le connais si bien ?

La mère de Livy dut chuchoter sa réponse, car sa fille ne l'entendit pas.

– Tu as fait *quoi* ? s'écria son père.

– J'étais *obligée* de l'inviter à entrer. Il était dehors, en larmes.

– Vraiment ? Il me pourrit la vie avec son classement lamentable, et tu l'invites à prendre le thé ? Tu ferais mieux de vérifier que les sachets de thé sont à leur place,

Rose ! Mr Hopkins a dû les ranger dans le congélateur ! Oh, et si tu cherches les biscuits, regarde dans la salle de bains !

– Oh, James, tu es injuste. Ce n'est qu'un vieux monsieur qui se sent seul.

– Pourquoi Mrs Smythe s'est-elle débarrassée de lui, d'après toi ? Parce qu'il était nul dans son boulot.

– C'est elle qui le dit !

– En tout cas, sinon, on n'aurait pas cette maison et Livy ne serait pas à Temple College. On n'aurait jamais pu payer des frais pareils sans la bourse qui va avec mon boulot. Mais tu préférerais peut-être qu'il récupère son poste et qu'on soit obligés de déménager ?

En grimpant l'étroit escalier qui menait à sa chambre, Livy chassa l'idée qu'ils puissent quitter leur petite maison de Leaden Lane. Elle avait du travail : cette nuit, elle testerait sa poudre d'altération.

Le grimoire insistait sur la nécessité d'être prudent en maniant la poudre. Elle était puissante et dangereuse, si elle n'était pas entre de bonnes mains. Il fallait la manipuler avec soin. Livy avait pris la précaution d'apporter les plus beaux gants de cuir de sa mère, chipés dans le tiroir de la console de l'entrée, parce que la manique était trop épaisse pour un travail aussi délicat.

La poudre était trop forte pour que Livy en absorbe sans l'avoir testée auparavant. Sur ce point, le grimoire était formel. Plantée au milieu de sa chambre, avec ses veines qui la démangeaient, elle chercha un objet adéquat pour essayer sa poudre. « Bien sûr ! » pensa-t-elle en prenant une petite boîte.

Quelques instants plus tard, elle était dans le laboratoire du sommet de la Tour blanche. Le feu brûlait dans la cheminée, le silence était retombé autour d'elle. Elle inspira à fond. Une légère odeur de métal et de fumée régnait dans l'air. En soufflant dans ses mains (sa séance de varappe nocturne l'avait frigorifiée), elle se pencha pour inspecter la rangée de fioles. Sa poudre avait encore fleuri depuis la veille. Elle gratta soigneusement les scories.

Elle sortit la petite boîte de sa poche et l'ouvrit sur la pièce de cuivre qu'elle renfermait. Elle la sortit et la tint dans la paume de sa main.

– Tu te souviens, Mahalia ?

Livy enfila les gants de sa mère puis, ainsi protégée des grains de poudre métallique et de leurs effets, elle saupoudra une pincée de poussière grise sur la pièce de monnaie.

– C'est ton penny porte-bonheur. Il ne t'a pas porté chance, mais je vais tester ma poudre d'altération dessus et peut-être qu'il deviendra le plus magique des talismans !

D'après ce qu'elle avait lu dans le grimoire, la poudre était si puissante qu'elle pouvait facilement transformer du métal ordinaire en or.

Penchée sur la pièce, Livy retint son souffle.

– Allez, chuchota-t-elle en tapotant le bord du bout de son doigt ganté. Fais quelque chose !

La pièce ternie refusa obstinément de réagir.

La lumière de la bougie vacilla et le feu crépita quand une bûche tomba, mais le penny resta identique. Rien n'avait changé.

Livy s'éloigna de la table en ôtant ses gants avec les dents. Elle avait la nausée. Que faisait-elle ? Dire qu'elle avait compté des grains de poudre de métal et chauffé interminablement la lourde fiole dans ce stupide laboratoire ! C'était ridicule. Elle regarda autour d'elle. Elle n'aiderait personne qui avait une maladie du sang. Ni Mahalia ni le garçon et sûrement pas elle-même. Elle gratta les veines de son poignet. Stupide poudre. Stupide pièce. Stupide bouquin. Elle le saisit, le sang en ébullition dans ses veines.

– Quelle imbécile je suis !

Et elle jeta le grimoire au feu.

Il atterrit sur les bûches. Les flammes s'étaient éteintes.

– Bon débarras, marmonna Livy. C'est complètement nul, tout ça !

Qu'avait-elle espéré ? Que cette pièce de monnaie se transforme en or, comme l'avait promis le livre ?

Il y eut un petit craquement. Les flammes se ravivèrent, vertes et bleues et rose foncé, et avalèrent le livre.

– Ha ! Tu peux brûler, ça m'est égal !

Livy se détourna.

Elle lança la pièce et la regarda tourbillonner. Les flammes dansaient dans la cheminée. Elle aperçut un éclat doré à la surface de la pièce et lâcha un hoquet de stupeur en voyant qu'elle semblait rester en suspension dans les airs…

Mais elle retomba sur la paillasse.

Terne et bêtement marron, c'était un simple penny qui n'avait jamais porté bonheur à quiconque.

21

Le lendemain, Célia, tout excitée, courut vers Livy quand elle entra dans Temple College. Mais celle-ci n'avait pas envie d'écouter les nouvelles qu'elle était manifestement impatiente de lui rapporter. Elle n'avait pas envie d'être ici, en bas ; ses pensées étaient restées dans la petite salle du haut de la Tour blanche, où elle avait raté son expérience. Elle pensait qu'il s'était passé quelque chose lorsqu'elle avait lancé la pièce en l'air. Mais quoi ? Si elle analysait le souvenir dans sa tête, peut-être verrait-elle plus clairement ce qui avait eu lieu.

À cause de ça, Livy n'était pas redescendue dans sa chambre tout de suite, la nuit précédente. Elle avait traîné sur le toit. Elle s'était allongée sur la plaque de plomb grise et froide pour contempler le ciel. Elle avait le sentiment étrange que Mahalia se cachait derrière une de ces étoiles bleues scintillantes et qu'elle pouvait se montrer d'un instant à l'autre, une lueur de malice dans ses yeux noirs, si Livy continuait à regarder, s'empêchant de détourner les yeux une seconde et même de cligner des paupières.

Livy l'avait imaginée disant : « Tu croyais que j'étais partie ? » Elle frémit en se rappelant (et c'était un souvenir si net que le choc lui coupa le souffle) la voix chantante de Mahalia : « J'étais juste là depuis le début, à te regarder. Je t'avais bien dit que je serais toujours ta meilleure amie. C'est pour ça que je t'ai donné ma pièce porte-bonheur quand tu es venue me voir à l'hôpital. Pour te donner le bonheur que je n'ai pas eu le temps de vivre. »

– Les profs sont dans tous leurs états, disait Célia à présent. (Livy s'efforça de se concentrer.) On doit tous aller au temple. Il va y avoir une grande annonce ! (Elle fronça les sourcils.) Tu as de gros cernes, Livy. Tu as dormi cette nuit ?

La bâche en plastique qui remplaçait provisoirement le vitrail cassé s'était détachée dans un coin du haut et s'agitait comme une aile d'oiseau. Livy se souvint que, le matin de son premier jour, elle avait levé les yeux et découvert l'image de ce garçon qui s'avançait dans le vide.

Les professeurs qui se tenaient devant eux dans le temple affichaient tous un air grave. Mrs Smythe fixait les élèves avec un visage de marbre, comme si elle voyait en chacun d'eux. Livy se sentit rougir quand le regard de la directrice se porta sur Alex, sur Célia, puis s'arrêta sur elle, plissant les yeux en l'observant avec une attention grandissante. Livy baissa le regard, gênée. Pourquoi Mrs Smythe la dévisageait-elle ainsi ?

Mr Bowen se leva et prit la parole :

– Hier soir, quelqu'un s'est introduit dans l'école…

Livy leva la tête, choquée. Un murmure s'éleva parmi les élèves.

– Le bureau de Mrs Smythe a été mis sens dessus dessous. Un certain nombre de documents de recherche extrêmement importants ont été volés et il y a eu beaucoup de dégâts.

Célia lui donna un coup de coude dans les côtes.

– Je t'avais bien dit que c'était un gros truc. Ils vont devoir appeler la police.

Mr Bowen poursuivit :

– Pour le moment, nous ne sommes pas sûrs de l'identité du voleur, mais nous avons déjà des indices.

Mrs Smythe tapota le bras de Mr Bowen et se pencha pour lui dire quelque chose.

Il acquiesça et s'adressa de nouveau aux élèves :

– Si vous voyez quoi que ce soit qui, selon vous, puisse nous aider dans notre enquête, je vous prie de venir nous en parler, à moi ou à Mrs Smythe.

Pendant qu'ils sortaient du temple à la queue leu leu, Livy vit les deux têtes grisonnantes de Miss Jenkins et de Miss Graves se pencher l'une vers l'autre.

– Ses papiers étaient éparpillés par terre, dit la première.

Elle avait le visage rouge d'excitation ; c'était un sacré ragot, ça.

– Et aucune trace d'effraction ! siffla Miss Graves, en jetant un coup d'œil à Livy avant de se détourner.

Mais Livy avait l'ouïe plus fine ces temps-ci.

– Et pourtant, la porte est restée fermée à clé.

– Peut-être que le voleur est descendu par la cheminée ?

– Ou qu'il est passé par la fenêtre.

Miss Jenkins frissonna.

– Mais comment est-ce possible ? C'est trop haut !

Célia donna un coup de coude à Livy.

– Ça va ? Tu fais une drôle de tête.

– Le garçon, chuchota-t-elle.

Célia, surprise, regarda autour d'elle.

– Hein ? Tu as vu Joe ?

Livy secoua la tête et gloussa pour cacher sa gêne.

Il n'y avait qu'une seule personne qui fasse preuve d'autant d'assurance qu'elle sur les toits. Une seule personne qui ait pu descendre en varappe pour s'introduire dans le bureau de Mrs Smythe par la fenêtre.

Que cherchait-il ?

22

Alors qu'elles revenaient dans la cour, Livy leva les yeux vers la Sentinelle. Pourquoi le garçon aurait-il voulu s'introduire par effraction dans le bureau de Mrs Smythe ? C'était absurde. Mais, plus inquiétant encore, elle voyait qu'il était impossible qu'il soit monté sur le rebord de cette fenêtre.

Alex était songeur et peu loquace.

– Quelqu'un devait avoir envie de savoir où en était Mrs Smythe dans ses recherches, dit-il. Fascinée comme elle l'est par maître Burgess et son travail… Oh, ça devient de plus en plus complexe…

Célia le considéra avec perplexité.

– Je pense qu'il faudrait nous donner quelques explications, Alex. Je ne sais pas du tout de quoi tu parles.

– Souviens-toi du vitrail, Célia, commença-t-il. Ça t'est venu à l'esprit que c'était une image bizarre pour une école ? Et dangereuse, en plus ? Ça pourrait donner de très mauvaises idées sur ce qu'on peut faire au sommet d'un bâtiment.

Une image assaillit soudain l'esprit de Livy : une rangée de garçons debout sur le toit.

– Et il y a cette phrase, continua-t-il. « *Tempus fugit* ».

– C'est du latin, Alex, lui fit remarquer Célia en levant les yeux aux ciel.

– Et puis le garçon disparu. Où est-ce qu'il est allé ? Qu'est-ce qui lui est arrivé ?

Un flot de paroles sans suite sortait de la bouche d'Alex.

Mais Célia ne l'écoutait plus : Joe Molyns venait de passer près d'eux.

Si Livy avait pu monter sur le toit et interroger le garçon, elle l'aurait fait. Mais elle devait attendre la nuit. Chez elle, Tom n'acceptait « que Livy » pour lui lire son histoire du soir, et puis il en réclamait une autre, et encore une autre. Il voulait parler sans fin du comte Zacha jusqu'à ce que sa sœur lui dise, d'un ton plutôt sec, qu'il était l'heure de dormir.

En sautant sur le toit de la Tour blanche, Livy aperçut le garçon, à peine plus consistant qu'une ombre, assis sur ses talons, enveloppé dans son manteau élimé. Ses cheveux noirs retombaient devant son visage morose.

Il ne bougeait pas, ne semblait pas remarquer que quelqu'un l'avait rejoint tandis qu'il était plongé dans sa réflexion solitaire. Il tordait ses doigts maigres et paraissait terriblement seul.

– Salut ! lança-t-elle.

Il tourna la tête, surpris. Elle vit les paillettes dorées de ses yeux verts.

– Je t'attendais, dit-il calmement. Je t'ai attendue une éternité.

Livy s'avança vers lui.

– C'est toi ?

– De quoi tu parles ? demanda-t-il, perplexe.

– Quelqu'un s'est introduit par effraction dans le bureau de Mrs Smythe, la nuit dernière. Tu n'aurais pas dû faire ça.

Les yeux du garçon lancèrent des éclairs.

– Ce n'est pas moi ! Même si je détruirais volontiers tout Temple College, si je le pouvais. Je le casserais en mille morceaux et j'y mettrais le feu ! Je ferais n'importe quoi pour éviter ce qui va se passer. (Il fit un pas vers elle.) Tu devrais arrêter ce que tu es en train de faire. Tu joues avec des forces que tu ne comprends pas et que tu ne peux pas contrôler.

– Mais je t'aide ! s'écria Livy. Je fais *ton* expérience. Dans ta chambre. J'ai lu tes livres. Je suis désolée d'avoir mangé tes biscuits, mais je vais t'aider à trouver un remède contre…

En prononçant ces mots, elle se rendit compte qu'ils paraissaient stupides. Comment une poudre tirée d'une sorte de poussière de métal pourrait-elle transformer quoi que ce soit ?

– Je vais fabriquer une poudre d'altération qui guérira toutes les maladies du sang !

Le garçon recula, choqué, comme si elle l'avait poussé. Il secoua la tête pour essayer de chasser de son esprit ce qu'elle venait de dire. Il ferma les yeux et inspira à fond. Quand il les rouvrit, il semblait calme.

– Tu le veux vraiment ? Tu veux changer ? Transformer ? Altérer ? Être autre chose ? Eh bien, je connais un remède contre le désordre de ton sang. Et ça marchera, crois-moi.

Le garçon leva le nez, ses narines se dilatèrent et il prit une profonde inspiration. Il parut se rouler en boule dans les airs. Et, sans que Livy sache comment, sans qu'elle le voie faire, il se retrouva sur le muret du toit. Le vent s'engouffra dans son manteau noir, qui claqua comme une immense aile. Sa façon de regarder en bas, debout sur la pointe des pieds, la terrifia.

– Je ne veux pas être seul… Tiens-moi la main, fit une petite voix, une voix de jeune enfant.

C'était ce que lui avait dit Mahalia la dernière fois que Livy l'avait vue. Mais ce n'était pas son amie qui était sur le toit. Un autre enfant se tenait à côté du garçon. Ainsi qu'un homme vêtu d'une longue cape noire. L'homme leva les bras et, comme si c'était un signal, Livy vit le garçon fléchir les genoux.

– Attention ! cria-t-elle.

Mais le vent étouffa ses paroles, emportant l'image de l'enfant et de l'homme à la cape.

Le garçon se pencha encore plus en avant au-dessus du vide.

– Arrête !

Livy s'élança vers lui pour le retenir.

– J'ai vu la fumée à la fenêtre…

Le garçon était sur le point de tomber, elle en était

sûre. Alors pourquoi ne tombait-il pas ? Comment pouvait-il rester en suspension comme ça ?

– S'il te plaît…

Livy essaya de maîtriser sa voix. Elle sentait que si elle le faisait sursauter, il tomberait. Elle tendit un bras pour le ramener en arrière et, à l'instant où ses doigts effleurèrent le noir d'encre de son manteau, il se tourna vers elle. Ses yeux étincelaient. Les paillettes dorées brillaient dans le vert.

– Viens donc plus près, Livy, chuchota-t-il.

Il se pencha encore davantage.

– Tu vas tomber, laissa-t-elle échapper, les nerfs en pelote.

Elle n'avait plus l'impression de se fondre dans l'air de la nuit. Ses jambes lui paraissaient lourdes et elle avait peine à respirer. Elle saisit la manche du manteau du garçon, mais il se dégagea.

– Monte ici, dit-il. Viens te mettre à côté de moi.

Malgré elle, elle s'avança et se hissa sur le muret.

– N'aie pas peur, dit-il d'une voix douce et rassurante. Ça paraît dur au début, mais on apprend à se faire confiance et on y arrive.

– On arrive à quoi ?

Livy regarda l'angle que formait le corps du garçon. Elle sentit son propre corps s'incliner.

– Tu le sais bien, dit-il.

Et elle le savait, en effet.

Elle regarda les pavés, en bas. Son sang faisait des bonds dans ses veines.

– Tu ne le sauras jamais si tu n'essayes pas, murmura le garçon tandis que le vent faisait voleter ses cheveux autour de son visage d'une pâleur lunaire. Imagine… mélanger ton sang avec l'air et virevolter dans le ciel, les étoiles au bout de tes doigts… (Sa lèvre tremblota.) Abandonne toute la pesanteur et le malheur d'ici-bas et viens avec moi. Tu en as envie, non ? Je peux t'emmener où tu veux.

Les orteils de Livy étaient tout au bord. Elle se vit tournoyer et planer dans le ciel immense avec un corps qui ne pesait plus rien. Ou peut-être sentait-elle le ciel traverser sa peau et ses os, devenus aussi vaporeux qu'un nuage de fumée.

– On pourra voler à travers des nébuleuses, insista le garçon à voix basse, et poursuivre les queues des comètes vers des soleils anciens.

Ses paroles lui évoquaient des images d'immenses espaces pleins de nuages colorés, piquetés de minuscules trous de lumière vive.

Livy sentait que le poids de son corps s'équilibrait tout au bout de ses orteils. Ses muscles se contractaient comme si elle allait sauter.

– Fais-le, murmura le garçon. Tu ne pourras pas savoir ce qui se passera avant de…

Mais le hurlement d'une sirène et les lumières clignotantes d'une ambulance fonçant le long du fleuve détournèrent l'attention de Livy.

– Ça va me faire mal ? demanda-t-elle en reculant, le souffle court. Si je tombe ?

– Tu ne tomberas pas… si tu me tiens la main.

Le garçon avait une voix envoûtante, pleine des étoiles qu'il lui promettait.

Il lui offrit sa main blanche. Elle n'avait plus qu'à la saisir et s'avancer dans le ciel. Elle tendit le bras, mais ses doigts ne parvenaient pas jusqu'aux siens.

– Fais-moi confiance, murmura-t-il.

Elle avança son pied dans le vide.

– Ici, fit la voix du garçon, flottant jusqu'à elle, les nuages sont faits d'émeraudes et de saphirs, et le ciel est un arc-en-ciel infini.

Livy sentit ses talons décoller du muret.

– C'est bien, dit-il d'un ton rassurant. Plus qu'un pas à faire et tu y es.

Elle regarda en direction du ciel. Elle se pencha vers le garçon et lui tendit ses doigts. Il ajouta dans un souffle :

– Ferme les yeux. On va mélanger notre sang à l'air.

Elle allait tomber ; ils allaient tomber tous les deux. Mais peut-être était-ce ce qu'elle voulait. Tomber. Ce n'était pas cher payé pour revoir Mahalia…

Elle se pencha en avant, sentit l'air s'appuyer contre elle…

Son estomac se noua. Que fabriquait-elle ?

– Attends ! s'écria-t-elle. J'ai peur !

On lui tirait légèrement la main. L'air frémit autour d'elle.

Elle ouvrit les yeux. Elle était seule. Il lui avait joué un tour, évidemment, il avait pris plaisir à la ridiculiser, et maintenant, il rigolait sans doute encore derrière une des cheminées.

– Je ne t'ai pas cru ! hurla-t-elle. Pas une seconde !

Elle se sentait petite et bête.

– Et tu peux te le garder, ton toit stupide !

23

Choquée par ce que le garçon avait failli lui faire faire, Livy descendit dans la pièce du haut de la Tour blanche. Si elle le rencontrait là-dedans, elle lui dirait ses quatre vérités. Mais elle n'arrivait pas à se concentrer, son esprit était accaparé par ce qu'elle avait ressenti au bord du toit, quand elle avait failli s'avancer dans les airs. Son pied rata l'équerre en métal qui fixait la gouttière au mur. Elle faillit tomber et se cramponna au métal froid, terrifiée, en larmes. Comment avait-elle pu être aussi bête ? Elle avait accordé sa confiance à quelqu'un, et voilà ce qui était arrivé : elle avait failli se jeter dans le vide. Il lui avait dit que ça soignerait les désordres de son sang. Et maintenant, elle s'agrippait au flanc de la Tour blanche, trop effrayée pour bouger.

Elle dut se forcer à sauter sur le rebord de la fenêtre, les yeux fermés, sûre de tomber, et poussa un cri de soulagement quand elle put ouvrir le volet.

Le feu était allumé, il y avait à manger sur la table, ainsi qu'un livre laissé ouvert sur le bureau, à l'endroit où celui qu'elle avait jeté au feu se trouvait d'habitude.

– Comment ose-t-il se moquer de moi comme ça? marmonna-t-elle.

Livy souleva la lourde fiole de poussière grise. Son cœur battait si vite que ses mains tremblaient.

Sa colère retomba quand des images lui vinrent à l'esprit. Le garçon flottait dans les airs. Elle revit l'angle que formait son corps. Dans la fiole, la poudre grise tressauta.

– Aide-le.

Livy se retourna d'un bond.

– Qui est là ? cria-t-elle.

Mais elle connaissait cette voix chantante, elle savait qui lui avait parlé.

– Mahalia ?

– Il est si seul.

La jeune fille ferma les yeux pour se raccrocher à la voix si nette de son amie. Allait-elle continuer à lui parler? Livy poussa un cri quand sa main sursauta comme si quelqu'un avait exercé une forte pression dessus.

Elle ouvrit les yeux. La poussière tourbillonnait au fond de la fiole. Surprise, elle vit trois grosses gouttes de liquide rouge apparaître sur la paroi de verre et couler pour être avidement englouties. Elle regarda sa main : elle s'était coupée sur le goulot ébréché quand son bras avait tressauté.

Elle porta ses doigts à sa bouche et sentit le goût de sel et de métal de son sang.

Dans les profondeurs de la tour, une porte claqua. Ensuite, Livy entendit un bruit de pas qui gravissaient l'escalier de pierre en courant. Le garçon ? Eh bien, elle ne lui permettrait pas de se moquer d'elle ! La porte du coin de la pièce ne tarderait pas à s'ouvrir à la volée. Il fallait qu'elle s'en aille, et vite. Elle bondit vers la fenêtre et sortit.

Elle avait laissé les volets suffisamment ouverts pour voir la paillasse. Pendant quelques minutes, elle entendit quelqu'un s'affairer dans la pièce, sans voir qui c'était.

Puis elle aperçut une silhouette. Ce n'était pas le garçon mais une femme vêtue de velours bleu. Un rideau de cheveux blonds tomba devant son visage quand elle se pencha sur la fiole de Livy. La jeune fille avait beau s'être réjouie quand le livre avait pris feu, voir Mrs Smythe si absorbée par le contenu de la fiole la mit en colère.

– N'approchez pas de mes affaires, murmura-t-elle, la mâchoire serrée. Ne touchez à rien !

Mais tandis qu'elle prononçait ces mots, la directrice leva la fiole et dit d'un ton songeur :

– Comme c'est intéressant…

Livy avait envie de crier : « Reposez ça ! Ça n'a aucun intérêt pour vous ! Vous travaillez sur la gravitation, vous. Qu'est-ce que ça peut vous faire, ce qu'il y a dans ma fiole ? Ça ne vous aidera pas. »

Car elle venait de comprendre que son travail avec le métal et la bougie avait été une perte de temps.

Mrs Smythe secoua la fiole. Livy aperçut son sourire à la lumière du feu quand le contenu tressauta.

La directrice tapota le verre du bout de l'ongle.

– Exactement ce que j'espérais trouver. L'expérience qui mettra définitivement Alan Hopkins hors d'état de nuire. *Tempus fugit?* Ha! Pour lui, le temps ne va pas passer vite. Il est fichu. Dans cette petite fiole, j'ai tout ce qu'il faut pour l'anéantir.

Prise de vertiges, Livy chancela sur le rebord de la fenêtre et dut s'accrocher pour éviter de tomber. Le bruit fit sursauter Mrs Smythe, qui leva les yeux, les sourcils froncés. Livy se colla contre la pierre tandis que la directrice traversait vivement la pièce et claquait le volet pour le fermer.

Ce refuge si cher à Livy avait été souillé par la présence de cette femme. Le travail qu'elle avait fait pour essayer de fabriquer une poudre d'altération servirait désormais à nuire à ce pauvre Mr Hopkins.

– Aide-le… Il est si seul.

La voix de Mahalia.

Quelques instants plus tard, Livy avait saisi la gouttière et grimpé sur le toit, manquant tomber en tendant la main pour se hisser sur le muret.

Elle n'était parvenue à mettre qu'une seule jambe sur le toit.

– Bravo, t'as réussi! siffla la voix du garçon.

Livy se redressa.

– Je n'ai rien fait, s'exclama-t-elle.

Le bras du garçon fusa vers elle et il lui donna une petite bourrade.

– Qui va le sauver, le moment venu?

Elle vacilla légèrement.

– Eh ! Arrête !

Loin de manifester le moindre regret, le garçon la fusilla du regard.

Livy s'éloigna sur le toit, les larmes aux yeux.

24

– Je vais à la grande école.

Tom était assis au pied du lit de sa grande sœur. Livy avait l'impression de s'être endormie quelques instants plus tôt, mais c'était déjà le matin.

– J'ai mis mes bottes de grand.

– Fiche le camp, dit-elle en se levant et en poussant doucement Tom vers le plancher.

Il poussa un petit cri ravi.

– Cette grande fille doit mettre son uniforme, chantonna-t-il.

Quand Livy arriva au rez-de-chaussée, son père portait déjà son lourd manteau d'hiver et une écharpe autour du cou.

– Tu es obligé d'y aller si tôt ? lui demanda son épouse, toujours en robe de chambre.

– Beaucoup à faire, marmonna-t-il. Je regrette d'avoir signé le papier pour cette journée « Emmenez votre enfant à votre travail ». C'est Mrs Smythe qui en a eu l'idée. On pourrait croire qu'elle voit suffisamment d'enfants à Temple College, mais elle semblait beaucoup tenir à recevoir Tom.

– Eh bien, c'est qu'il est adorable, James.

– Garde-le avec toi aujourd'hui, dans ce cas !

– Tu ne peux pas le décevoir, répliqua-t-elle. Il attendait ça avec impatience. Et moi aussi ! Je sors toute la journée !

Tom sautillait dans ses « bottes de grand ».

– On y va ? On y va ?

– Attends une minute, petit tigre, soupira son père avec lassitude. Tu as dit au revoir à ta mère ? Sinon elle va pleurer, pleurer et pleurer toute la journée.

– Au revoir, déclara Tom avec sérieux. Ne sois pas triste pendant que je ne serai pas là.

– Et un bisou à Livy ?

Le petit garçon émit un bruit de pet.

– Tu as ta mallette ? Tu ne peux pas aller au bureau sans elle !

Tom brandit sa boîte à casse-croûte à l'effigie du comte Zacha.

– Allons-y en volant !

Lorsque Livy sortit de la maison, quelques minutes plus tard, l'air était si glacé qu'il la prit à la gorge. Elle remonta son écharpe devant sa bouche et enfonça ses mains dans ses poches.

Elle fut soulagée de voir Mr Hopkins qui attendait à l'entrée de Leaden Lane.

– Vous ne devriez pas rester ici, lui conseilla-t-elle, légèrement essoufflée après avoir couru vers lui. Il faut partir, et tout de suite. Si Mrs Smythe vous voit…

Elle frissonna : non pas à cause du froid, mais parce qu'elle entendait encore le ton de cruelle délectation de la directrice : « Il est fichu. »

Mr Hopkins eut l'air inquiet.

– Mais mes livres, Miss Burgess. Je trouve ça si dur de les quitter.

Il toussa.

– Mrs Smythe est sérieuse, insista Livy.

L'homme soupira.

– Alors je vous dis au revoir.

Livy hocha la tête.

– Je dois vous remercier, Miss Burgess.

– Je n'ai pas fait grand-chose pour vous. D'ailleurs, c'est la faute de ma famille si vous n'avez plus de maison ni de travail.

– Oh, ne soyez pas trop dure avec les Burgess, répliqua Mr Hopkins avec un sourire triste. Vous avez fait bien plus pour moi que vous ne pourrez jamais l'imaginer. J'ai vu votre petit frère passer il y a quelques minutes. (Il gloussa pour lui-même.) Je me demande s'il a amélioré ses atterrissages.

Livy sourit en se rappelant les fanfaronnades de Tom.

– C'est un sacré numéro.

Mr Hopkins regarda sa montre.

– Bon, il est temps que je m'en aille. (Il toussa de nouveau.) J'ai des choses à faire. Des gens à voir.

Livy songea qu'il n'avait vraiment pas l'allure de quelqu'un qui a des choses à faire. Il semblait s'efforcer de faire bonne figure quand il leva son chapeau pour un dernier adieu.

– *Tempus fugit*, Miss Burgess.

Livy attendit au coin de Leaden Lane et le regarda s'éloigner.

« Pauvre homme, se dit-elle en partant vers le collège. Pauvre homme esseulé, renvoyé par Mrs Smythe. »

Mais elle était mal à l'aise, elle aussi. Elle y était pour quelque chose : son père avait pris l'emploi de Mr Hopkins, et elle, elle avait fabriqué quelque chose dont Mrs Smythe se serait servie contre lui s'il était resté. Mais comment le contenu de la fiole de Livy – une simple cuillerée de poudre métallique – pouvait-il être utile à la directrice ?

Quand elle la croisa dans le couloir, la jeune fille sentit la colère enflammer ses joues en pensant à la cruauté de cette femme envers ce vieil homme affaibli.

– Je viens de voir ton frère, dit Alex à Livy lorsqu'ils se mirent en file indienne pour entrer dans le réfectoire.

– Mon père l'a amené au travail aujourd'hui, marmonna-t-elle, toujours préoccupée par Mrs Smythe et le laboratoire de la Tour blanche.

Alex fronça les sourcils.

– Il n'était pas à la bibliothèque… ni avec ton père. Il sortait du bureau de Mrs Smythe.

Alex avait raison : en entrant dans le réfectoire, Livy repéra Tom assis à la table placée tout devant, à côté de

Mrs Smythe ; il était en train de manger une assiette de frites d'un air très sérieux.

– Pas question qu'elle se serve de mon frère, dit Livy à Alex.

– Mais il s'éclate, rétorqua-t-il, les sourcils froncés. De quoi tu as peur ?

Tom aperçut sa grande sœur à cet instant-là et lui fit signe, tout excité. Il secoua le bras de Mrs Smythe et pointa le doigt vers Livy. La directrice sourit au petit garçon et lui dit quelque chose.

Livy poussa brutalement son plateau vers Alex.

– Je vais lui dire de le laisser tranquille.

Célia la prit par le bras et la fit rasseoir sur le banc.

– Qu'est-ce que tu fais ? Tu ne peux pas foncer vers Mrs Smythe et lui dicter ce qu'elle a à faire !

– Mais elle est avec mon frère !

– Et il s'éclate.

Célia fit un signe à Tom, qui répondit de même.

– Qu'est-ce qui te prend aujourd'hui, Livy ? Tu es tellement nerveuse !

Au début des cours de l'après-midi, Alex annonça qu'il allait à la bibliothèque.

– Si quelqu'un me cherche, dites juste que je suis à l'infirmerie. Que j'ai mal à la tête.

– Regarde si tu vois Tom, lui demanda Livy tandis qu'il s'éloignait.

Alex leva le pouce.

Leur prof de français habituel, Mrs Smith, était malade

et remplacée par un autre enseignant qui ne remarqua pas l'absence d'Alex.

Livy eut du mal à se concentrer, peut-être à cause du changement de prof. L'air lui paraissait épais et lourd dans cette salle vivement éclairée. Elle se réjouit lorsqu'ils se rendirent au labo de physique, qui donnait sur la cour des Sentinelles.

– Où est Alex ? demanda Mr Bowen quand ils s'y installèrent.

– À l'infirmerie, répondit Célia. Il a mal à la tête.

Livy entendit Martha ricaner derrière elles.

– Mal à la tête ?

Le surveillant dévisagea Célia par-dessus ses lunettes.

– C'est à cause des néons, Mr Bowen, inventa celle-ci. Ils lui font mal aux yeux, et après, ça lui donne la migraine.

– La migraine ?

Mr Bowen retira ses lunettes.

– Si tu veux bien, Célia, fais-lui savoir que si j'apprends qu'il a passé l'après-midi à la bibliothèque, il va avoir des ennuis.

Il remit ses lunettes.

Livy regarda par la fenêtre. Le crépuscule tombait déjà autour des Sentinelles. Elle se dit qu'elle ne retournerait plus sur le toit ni à la Tour blanche, maintenant que Mrs Smythe avait découvert son laboratoire. Elle ne pourrait plus jamais se blottir sous l'aile cassée de la statue pour contempler l'étoile de Mahalia.

– Je suis désolée de ne pas t'avoir dit au revoir, chuchota-t-elle au visage de pierre à l'air malheureux.

– Bon, attelons-nous à la physique ! lança Mr Bowen à la classe. À moins que quelqu'un d'autre ne soit allergique aux néons !

Le téléphone de Livy vibra dans sa poche. Elle le sortit discrètement. Mr Bowen terminait souvent sa permanence avec un tas de portables confisqués sur son bureau. Elle jeta un coup d'œil à l'écran. Alex ! Quel casse-pieds ! *Suis dans la salle des archives ! En train de remonter le temps.*

– Range ton téléphone, chuchota Célia, sachant ce que faisait Livy même si elle avait les yeux fixés sur le tableau. Mr Bowen te regarde.

Livy tapa vite : *Tu as vu Tom ?*

Je l'ai juste entendu. Je devais me cacher. Mais tu ne veux pas savoir ce que j'ai découvert ?

Tout ce qui intéressait Livy, c'était son petit frère.

Nouveau message. *J'avais raison ! Il y avait sept pupilles, pas six comme c'est écrit sur la plaque.*

Tu peux aller voir si Tom va bien ?

Dans une minute. Tu ne veux pas savoir qui est le garçon qui a disparu ?

Pas spécialement !

Il s'appelait Ralph Symons. Quinze ans. Et il n'est pas mort. Il a été envoyé ailleurs.

Livy rangea son téléphone. Il ne restait plus que quelques minutes avant la fin de la journée ; elle était impatiente de sortir du collège et de rentrer chez elle pour retrouver Tom.

Elle regarda par la fenêtre.

Un garçon envoyé ailleurs.

Livy plissa les yeux pour scruter la pénombre autour de la Sentinelle. Quelle idiote ! Le message d'Alex l'avait troublée et son imagination lui jouait des tours. Tom était en sécurité à présent, certainement. Dans la bibliothèque avec son père.

Mais Tom, son cher petit Tom avec ses boucles en pagaille et son front bombé, se penchait au-dessus du muret de la Tour blanche. Il semblait chercher quelque chose parmi les nuages. Livy se leva, et son mouvement brusque dut attirer l'attention de son frère, car il se tourna vers la salle de classe.

Elle aperçut alors une autre silhouette. Mrs Smythe aussi était sur le toit, à quelques pas de Tom. Elle agitait les bras, l'encourageant à faire quelque chose, mais quoi ?

– Qu'est-ce que tu fabriques ?

Livy avait entendu Célia, mais elle était incapable de parler. Elle était obnubilée par le visage de son frère qui lui sourit, tout excité, en lui faisant signe de la main.

– Asseyez-vous ! tempêta Mr Bowen, mais Livy ne bougea pas.

– Tom, souffla-t-elle. Sur le toit de la tour.

À cet instant, l'enfant tourna la tête comme s'il écoutait quelque chose. Mrs Smythe ! Il recula et Livy le perdit de vue.

– Il n'y a personne là-bas, Livy. Tout le monde te regarde !

Célia la tira par la manche de sa veste.

Livy entendit encore Mr Bowen aboyer :

– Martha ! Donne-moi ton téléphone.

– Mais monsieur !

– Je vois que tu prends des photos ! Donne-le-moi. Et ne t'imagine pas que tu pourras le récupérer avant demain.

– Mais monsieur !

La cloche sonna. Les chaises grincèrent et un brouhaha s'éleva.

– Livy ? Je peux te parler une minute ? dit Mr Bowen.

Livy était incapable de bouger. Elle avait l'estomac noué. Et l'impression de ne pas pouvoir respirer.

– Qu'est-ce qui ne va pas ? demanda le professeur.

Célia la tira encore par le bras, mais Livy se dégagea.

– Mal à la tête, hoqueta-t-elle. Désolée, monsieur. Je dois rentrer m'allonger.

Et elle sortit de la salle, chancelante.

25

Livy ouvrit la fenêtre de sa chambre, se hissa dehors et grimpa vite sur le toit.

– Pitié, faites que ça ne soit pas Tom, répéta-t-elle pour elle-même en courant.

Elle avait trop joué à se faire croire qu'elle entendait Mahalia, à lui parler dans sa cachette derrière une étoile, à voir des ombres d'enfants sur le toit, si bien que peut-être cette image de Tom là-haut, lui faisant signe gaiement, n'était qu'une énième vision de son esprit, qui allait trop loin, cette fois.

– Je vous en prie, faites que ça ne soit pas Tom, répéta-t-elle, haletante.

Elle s'élança dans les airs, inconsciente du danger, désespérée.

– Je vous en prie, ne laissez pas Mrs Smythe lui faire du mal.

– Livy ! Oh ! Dieu merci. Vite… C'est Tom ! s'écria la directrice.

Mrs Smythe n'était pas sur le toit de la Tour blanche, mais à quelques mètres, au-dessus de son bureau.

– N'approchez pas de lui ! répliqua Livy.

Elle bondit pour bloquer le passage de la directrice, qui essaya d'avancer et chancela. Livy remarqua qu'elle ne portait pas de chaussures.

– Livy !

Tom sautillait.

– Reste où tu es.

Quand Mr Hopkins apparut derrière l'aile de la Sentinelle, elle hoqueta de stupeur.

– Livy est là pour nous aider. Mrs Smythe ne pourra plus t'emmener, maintenant, Tom. Livy ne la laissera pas faire.

– Mais… Mais… vous étiez parti ? bredouilla-t-elle.

– Oh, mais il fallait que je sauve le petit des griffes de Mrs Smythe, Livy, répondit Mr Hopkins. Elle veut l'enlever pour faire une expérience épouvantable ! Votre père lui a pratiquement servi le gamin sur un plateau ! Oh, je suis arrivé juste à temps !

– Livy ! s'écria Mrs Smythe.

La jeune fille fit volte-face. La directrice avait les larmes aux yeux.

– Ne l'écoutez pas. Elle paraît peut-être convaincante, dit Mr Hopkins. Mais cette femme a le cœur noir, Livy.

Mrs Smythe semblait en difficulté sur le toit. En jetant un coup d'œil vers le sol, elle se mit à vaciller.

– Oh, non, Livy, chuchota-t-elle. J'ai l'impression que le sol va m'avaler.

Elle tomba à genoux.

– Elle veut Tom, Livy, siffla Mr Hopkins. Vite ! Poussez-la ! Sinon elle va le récupérer !

Livy fit un pas vers Mrs Smythe, qui avait l'air écrasée par un poids terrible. Les yeux fermés, la directrice posa les mains sur la plaque de plomb, s'y cramponnant comme si elle se trouvait sur un radeau que les vagues s'apprêtaient à engloutir.

– Pardonne-moi, murmura-t-elle. J'ai fait tout ce que j'ai pu… (Elle s'écroula.) Je ne peux pas bouger. Si je bouge, je vais tomber, j'en suis sûre… Ah… Le vertige.

– Quelle comédie !

Mr Hopkins fit claquer sa langue. Il avait pris Tom par la main.

– Bien, Tom. Tu es prêt ? Tu regardes le ciel ? Tu vois le comte Zacha ?

La voix de Mr Hopkins n'avait plus rien de frêle ni de tremblant. Elle était nette et pleine d'assurance.

Livy ne comprenait pas pourquoi il serrait si fort la main de son petit frère ; ses articulations en avaient blanchi.

– Livy ! cria gaiement Tom. Tu es venue voir le comte Zacha, toi aussi ?

Il essaya de courir vers sa sœur, mais Mr Hopkins le retint. Tom leva les yeux, surpris, pour regarder le vieux monsieur maigre qui le tenait si fermement.

– Ne gâchez pas tout pour le gamin, siffla le vieil homme à Livy. Il est tout excité. C'est déjà assez embêtant comme ça que vous ayez débarqué. J'espérais vraiment que vous ne viendriez pas. C'est tellement agaçant quand les choses ne se passent pas tout à fait comme prévu.

– Livy peut venir avec nous ?

Tom le considérait avec espoir.

– Désolé, Tom, je ne pense pas, dit Mr Hopkins en affichant une expression de tristesse exagérée, comme un clown. Le comte Zacha n'a pas assez de place pour deux personnes dans son tout petit Guerri-Coptère. Et puis, elle n'est pas aussi courageuse que toi. C'est une fille.

– Lâchez-le !

Livy essaya de se jeter sur Tom, mais Mr Hopkins le tira hors de sa portée.

– Je n'ai pas besoin d'ailes pour voler, Livy, annonça fièrement Tom. Je suis courageux et mon sang est léger comme l'air !

– En effet. Toute la pesanteur sera bientôt transformée.

Mr Hopkins regarda Livy, les yeux brillants.

– Livy sait tout sur ce sujet, Tom. Elle a passé bien des nuits à essayer d'altérer son propre sang.

Il parlait si calmement et Tom était si heureux qu'elle songea qu'elle s'était peut-être trompée en croyant que son frère était en danger. Peut-être étaient-ils juste en train de faire un jeu à propos du comte Zacha.

Mais c'était un jeu bien étrange.

– Maintenant, écarte les bras et ferme les yeux. (Tom obéit.) Tu vas avoir une grande surprise.

Mr Hopkins sortit une fiole en verre au goulot ébréché de la poche de son manteau. C'était celle que Livy utilisait dans la Tour blanche. Son sang formait une croûte sombre sur le bord. Et à l'intérieur, il y avait sa stupide poudre d'altération – la poudre qui n'altérait rien du tout ! Mr Hopkins saupoudra les mains retournées de Tom de poussière grise. Le vent emporta la poudre – Livy sentit cette odeur suffocante, familière, de métal brûlé.

– Allez, frotte tes cheveux, Tom, dit Mr Hopkins, sans se soucier du fait qu'il ne restait pratiquement plus de poudre sur les mains de l'enfant. Fais comme je te l'ai expliqué. Ensuite, nous serons prêts pour le comte Zacha !

Tom se frotta les cheveux.

Livy fit un pas vers son petit frère.

– Je vous en prie, Mr Hopkins. Laissez-le partir. Il est tout petit. Je ne sais pas à quel genre de jeu vous jouez avec lui, mais il est trop jeune pour comprendre.

Mr Hopkins la considéra avec surprise.

– Vous ne voulez pas que Tom rencontre le comte Zacha ? demanda-t-il en clignant des yeux. Alors qu'il passe toutes ses nuits depuis des semaines à regarder par sa fenêtre en attendant qu'il arrive ? Vous voulez le décevoir ?

Il se baissa et regarda dans les yeux le petit garçon au visage grave. Une partie de la poudre était tombée des cheveux de Tom et avait dû finir dans ses yeux, car il se mit à cligner des paupières pour retenir ses larmes.

– Livy pense que tu ne veux pas rencontrer ton ami, dit Mr Hopkins avec sérieux. Elle pense que tu préfères rentrer à la maison avec elle.

Tom renifla en observant le visage las et creusé de l'homme. Il semblait hypnotisé par sa voix.

– Ça te plairait ?

Tom secoua lentement la tête.

Mr Hopkins se releva.

– Il ne veut pas venir avec vous. Désolé.

– Tom ? chuchota Livy. Viens vers moi.

Elle fit un nouveau pas vers son frère, mais il se glissa derrière le vieil homme et l'observa d'un air sombre.

– Je veux voir le comte Zacha, déclara-t-il. J'ai été sage, j'ai été un petit garçon en or, alors il va venir.

– Nous n'avons pas beaucoup de temps, Livy. (Mr Hopkins plissa les yeux.) *Tempus fugit* et tout ça. Mais je ne peux pas résister à la tentation de vous remercier pour votre aide.

– Mon aide ?

Livy avait l'impression d'être au bord d'un précipice, sur le point de tomber.

– Comment aurais-je bien pu vous aider ?

– En travaillant dur pour fabriquer une poudre d'altération !

Elle chancela comme si elle avait reçu un coup sur la tête.

– Vous croyiez que je l'ignorais ? Mais d'après vous, qui a découvert que vous étiez une descendante de Peter Burgess, le fondateur de Temple College, sinon moi, en farfouillant dans les archives de l'école ? Et qui s'est arrangé pour que votre père soit nommé si vite au poste que j'occupais depuis quarante ans, sinon moi ? Mrs Smythe ne vous aurait jamais trouvée !

La voix de la directrice, rauque de terreur, interrompit Mr Hopkins :

– Livy… fais attention… Oh ! Mais pourquoi je ne peux pas bouger ? Cette peur de tomber… Je n'ose pas… Je ne peux pas… J'ai la tête qui tourne… Je vais tomber…

– Vous êtes encore là, vous ? s'écria l'homme. Du calme, ma chère ! Allez-vous-en ! Il n'y a rien à voir, ici ! (Il soupira.) Ah, les femmes ! Toujours à se mêler de tout ! (Il prit un air ironique.) Bien. Où en étais-je ? Ah oui, bien sûr, je parlais de maître Burgess, un véritable génie dont j'ai admiré et étudié le travail durant les nombreuses années que j'ai passées dans la bibliothèque de Temple College. Vous savez quoi ? Je suis sûr que ça vous surprendre : j'ai eu beau essayer de toutes mes forces, je n'ai pas réussi à l'égaler ! Tous mes efforts pour fabriquer une poudre d'altération ont échoué. Alors que vous… *vous…* avec le sang des Burgess dans vos veines, vous avez réussi ce que j'avais raté.

– Mais je n'ai rien fait du tout ! s'écria Livy, horrifiée par ce qu'elle venait d'entendre. C'était juste un dépôt métallique dans une fiole !

– Oh ! Vous êtes beaucoup trop humble, gloussa Mr Hopkins. Un dépôt métallique, certes, mais il a été purifié avec soin grâce à un processus alchimique. Et votre sang, Livy. N'oubliez pas votre précieux sang de Burgess. Oh ! je savais que vous y arriveriez, même si vous avez perdu les pages que j'avais glissées dans le livre sur la mouette. Vous les avez jetées du haut de la tour, vous vous souvenez ? (Il fit claquer sa langue et agita son index vers elle.) Mais peu importe. J'ai réussi à trouver d'autres livres de Peter Burgess qui vous ont aidée dans vos recherches. Je vous ai observée avec beaucoup d'attention depuis votre arrivée, Livy. Je vous ai encouragée.

Alors, elle se rappela l'impression qu'elle avait eue d'être épiée… et la silhouette sombre qui s'éloignait en trottinant dans la rue.

– Je vous ai même surveillée de bien plus près que vos parents stupides et négligents ! Mais bon, c'est comme ça, les parents modernes, ils s'inquiètent sans arrêt du temps que leurs enfants passent sur leur téléphone et ne s'imaginent pas que leur fille grimpe sur le toit toutes les nuits ! Vous avez aimé les biscuits que j'ai laissés pour vous ? Le sirop ? Les livres ?

– C'était vous ? Je croyais que c'était le laboratoire de Mrs Smythe !

– Elle s'y est introduite, oui. Elle est venue y fourrer son nez pointu. Mais, toute stupide *scientifique* qu'elle est, elle n'avait pas la moindre idée de ce qu'elle avait sous les yeux ! Elle était là, dans la pièce de la Tour blanche qui me sert de laboratoire privé depuis des années ! Avec les meilleurs traités d'alchimie qui aient jamais été écrits ! Elle a cru que personne ne pouvait y entrer parce qu'elle avait la seule clé. Mais elle n'a pas pensé à vous ni à votre capacité de grimper sur les toits. Ni à moi et à mon passage souterrain partant de la bibliothèque. Les gens peuvent être tellement aveugles… Et les scientifiques, ce sont les pires ! Vous saviez que je dors dans la bibliothèque depuis mon licenciement ? Je m'y suis fait un petit lit avec mes livres. D'un confort remarquable. Les biscuits de votre père servent à ma subsistance et personne ne voit ce qui se passe ! Mais bon, cet idiot est tout aussi aveugle. Il est dans son petit cagibi, là, pendant que Tom et vous êtes sur le toit… Il cherche tous les livres que j'ai cachés.

L'homme partit d'un rire grêle, qui ressemblait davantage à une quinte de toux, et passa un bras protecteur autour des épaules de Tom. Il montra ses dents grisâtres dans un sourire artificiel.

– Le moment est presque arrivé, Tom. Veux-tu avoir la gentillesse de monter, maintenant ? Il me semble entendre le comte Zacha qui s'approche.

Au lieu de grimper tout seul, le petit garçon leva les bras et Mr Hopkins, étonnamment fort pour quelqu'un de si maigre, le souleva et le déposa doucement sur le muret.

– Arrêtez ! cria Livy. Je vous en prie !

– Oh, il ne va pas se faire mal, ricana Mr Hopkins. Vous avez vu ce que représentait le vitrail du temple avant qu'il soit détruit : un garçon qui marchait dans les airs. Maître Burgess a fait faire ce vitrail en témoignage de sa grandiose expérience finale. Le geste triomphal d'un homme qui avait enfin découvert comment rendre le sang d'un garçon assez léger pour qu'il flotte dans les airs et vole comme un ange !

Il donna une petite bourrade à Tom. L'enfant chancela mais parvint à retrouver l'équilibre. Mr Hopkins le remarqua à peine.

– Pas besoin d'adieux. Vole, Tom. Vite, vite ! File ! Hop !

Montre à Livy ce que tu peux faire, maintenant que sa poudre d'altération t'a transformé en petit ange !

Livy bondit. Pourquoi le vieil homme riait-il ?

– Tom ! cria-t-elle. Ne l'écoute pas ! Viens vers moi, s'il te plaît !

L'enfant tourna la tête.

– Livy, je peux voler !

Mais en voyant l'expression de sa sœur, Tom eut un choc. Livy se rendit compte qu'un nuage de peur passait sur son visage enfantin.

– Livy ? chuchota-t-il.

– Ça prend trop longtemps !

Le bras de Mr Hopkins se tendit brusquement. Ce fut juste une petite poussée, à peine plus qu'une tape sur l'épaule, mais Tom perdit l'équilibre. En se précipitant sur le muret, Livy l'entendit hoqueter de surprise.

Et elle sauta.

26

Elle le tenait par la main !

Elle serrait les doigts de Tom de toutes ses forces. Il n'était pas lourd.

Ils auraient dû tomber, tous les deux. Mais ils restaient en suspension. Le silence régnait, on n'entendait aucun bruit de circulation en contrebas ; pas même le sifflement du vent dans les arbres. Autour d'eux, l'air était doux comme un oreiller, et elle sentit son corps se détendre comme si elle était montée sur un nuage invisible – un nuage solide. Le temps s'était arrêté, comme la chute de Livy.

Elle regarda autour d'elle. Elle était juste en dessous du faîte des toits. Si elle tendait la main, celle qui n'était pas solidement fermée autour du poignet de Tom, elle pourrait facilement se hisser dessus. Elle pencha la tête en arrière et regarda le ciel infini et les nuages, qui paraissaient plus grands et plus beaux que jamais. Ses cheveux se déployaient autour d'elle comme si elle était à la piscine. Elle inspira et n'aurait su dire où elle finissait et où commençait l'air. Elle avait l'impression d'être faite de Chamallow et de fleurs de cerisier. C'était donc ça, la sensation à laquelle elle avait si longtemps essayé de résister.

– Livy, chuchota Tom. Je ne vois pas le comte Zacha. S'il ne vient pas me chercher bientôt, je vais tomber.

Une grosse larme roula sur sa joue rouge.

Alors, elle se rendit compte qu'elle était toujours en l'air. Elle regarda vers le sol et vit ses pieds qui pendouillaient. Son frère et elle allaient forcément tomber bientôt… Elle frémit en s'imaginant heurter le sol, sentit la terreur l'envahir…

Elle essaya de repousser Tom vers le toit, mais elle était coincée. L'air qui les entourait refusait de bouger. Et elle commença à sentir le poids de son frère qui, jusque-là, n'était pas plus lourd qu'un ballon de baudruche. Il pesait de plus en plus lourd et l'entraînait vers le bas. Ses petits doigts glissaient entre les siens. On aurait dit que le mécanisme qui contrôlait le temps et la force de gravité s'était remis en marche, par à-coups.

Elle s'efforça de ramener Tom vers elle. Ses bras lui faisaient mal et elle crut qu'ils allaient se déboîter. Le petit garçon s'agita.

– Reste tranquille ! lui cria-t-elle. Si tu bouges, je ne pourrai pas t'aider.

Lentement, péniblement, elle le hissa sur le muret, juste au-dessus d'elle, et le tint pendant qu'il redescendait sur le toit. Elle avait réussi, il était en sécurité. Elle ne supportait pas de se dire qu'elle l'avait sauvé mais risquait de ne pas pouvoir se sauver elle-même.

Elle leva les yeux et vit Mr Hopkins dressé au-dessus d'elle. Il ne regardait plus Tom.

– Extraordinaire, souffla-t-il. Le garçon n'est pas tombé. Et il a même retenu la fille ! La poudre doit être extrêmement puissante.

– S'il vous plaît, gémit Livy.

Elle n'était plus remplie d'air. La peur, une force bien plus sombre et plus lourde que la gravité, l'en avait vidée. Ses jambes étaient de plus en plus pesantes et l'entraînaient vers le sol. Ses doigts glissaient tandis qu'elle essayait de s'agripper à la pierre sèche du muret.

Mr Hopkins, sans un mot, ôta son chapeau et le lança loin de lui. Puis il jeta une nouvelle poignée de poudre grise sur sa tête chauve. Il sourit.

– Ainsi, Tom a prouvé que ça marche ! s'écria-t-il. La poudre d'altération fonctionne !

Il parut rajeunir : ses rides avaient disparu et son visage brillait, comme poli. Ses yeux pétillaient. Sa voix retentit, aussi sonore qu'une cloche.

– Je sens que je me transforme ! s'écria-t-il. Je sens que la poudre Burgess me raffine. Les scories seront brûlées et ma chair vulgaire va se changer en or d'un genre nouveau. Je sens que mon sang devient plus lumineux et se remplit d'air. C'est la transformation que nous recherchons tous !

Mr Hopkins leva son pied, chaussé d'une vieille

chaussure marron toute craquelée, et le posa sur la main de Livy. La douleur était intolérable. La jeune fille sentit ses os craquer tandis qu'il appuyait.

– Le ciel m'appartient.

L'homme leva les bras.

– Et le temps aussi.

Il se lécha les lèvres.

– Vous auriez dû accorder plus d'attention au travail des alchimistes de Temple College, Livy, chuchota-t-il. Leur travail est resté secret, mené dans des laboratoires fermés à clé, mais ils ont laissé tant d'indices d'un bout à l'autre de l'école. *Tempus fugit*. « Le temps s'envole ! » Ces mots ! Ils sont inscrits partout, et pourtant, personne n'a pris le temps de réfléchir à ce qu'ils signifient ! Si vous vous étiez obstinée à comprendre ces mots, vous seriez peut-être à ma place, maintenant, avec le temps et l'espace à vos ordres ! Capable de voler d'un bout à l'autre du temps !

Il secoua la tête comme s'il était sincèrement désolé pour elle.

– Vous, Miss Burgess, avec le sang d'un maître alchimiste qui coule dans vos veines, vous ne serez jamais transformée !

– S'il vous plaît, répéta Livy d'une voix rauque. Aidez-moi.

Mr Hopkins ne parut pas l'entendre. Il parlait comme s'il prononçait un discours qu'il avait appris par cœur.

– Il y a un moment où je vous ai vue debout au bord du toit et où j'ai pensé que vous seriez peut-être assez courageuse, mais vous avez reculé. Vous n'avez pas cru à ce que Peter Burgess savait.

– S'il vous plaît… Je ne vais pas tenir beaucoup plus longtemps.

– Qu'a découvert Peter Burgess ? (Mr Hopkins pencha la tête.) C'est le premier à avoir compris que lorsqu'un objet tombe, il est sujet à la force de gravité. Des années avant Isaac Newton ! (Il s'esclaffa.) Mais vous le savez, non ? Vous êtes en train de sentir ses effets : elle attire votre corps vers le sol. Et une fois que vos bras seront trop fatigués pour vous tenir, vous vous écraserez sur les pavés. Mais ce que vous ne comprendrez pas, petite sotte craintive, c'est que vous tomberez non seulement à travers l'espace, mais aussi à travers le temps ! Votre corps heurtera le sol peut-être une seconde après que votre main aura lâché ce muret. Vous aurez traversé le temps. Voilà ce que Peter Burgess a compris. Le temps et la gravitation sont indissociables. (Il croisa deux de ses doigts scintillants.) Alors imaginez un peu. Si vous arrivez à contrôler l'une des deux notions… (Il inspira à fond, ferma les yeux.) … l'autre est à votre portée.

Livy essaya de balancer ses jambes pour les hisser sur le muret, mais Mr Hopkins rouvrit brusquement les yeux. Il agita le doigt.

– Vilaine Livy. Vous tomberez quand je serai prêt. Je veux que vous voyiez ce que vous auriez pu avoir. Ce que vous auriez pu être !

Il retira son pied de la main de Livy et se baissa pour se rapprocher de son visage. Son haleine sentait la fumée.

– Imaginez… (Son visage s'embrasa.) Imaginez que vous ayez le pouvoir d'altérer votre *sang humain pour avoir un sang d'ange… et voler…*

– S'il vous plaît, Mr Hopkins, le supplia-t-elle. Laissez-moi remonter sur le toit. Tom va avoir peur.

Elle ne voyait pas son frère, mais elle l'entendait gémir tout seul dans son coin.

– Maître Burgess ne s'intéressait pas à l'argent ni aux richesses de ce monde ! lança-t-il. C'était juste une simple transformation, Livy, pas douloureuse du tout. Et le garçon qu'il avait choisi pour son expérience aurait dû lui en être reconnaissant. La poudre l'a rendu parfait, l'a rendu immortel, et ça a dû être magnifique quand il a sauté dans le ciel ! (Il rit.) Comment accéder à la perfection, comment vivre éternellement, voilà ce que maître Burgess avait découvert. Vous voyez ma peau ?

Mr Hopkins remonta la manche élimée de sa chemise ; Livy cligna des yeux en voyant sa peau scintiller dans la lumière du soleil.

– La poudre transforme mon sang. Elle me rend immortel. Aujourd'hui, je vais me promener avec les anges ! (Il sauta sur le muret.) Et donc, je m'avance dans les airs, déclara-t-il au ciel. La gravitation, cette force mortelle, ne peut pas me toucher.

Ses lèvres, qui n'étaient plus grises et fines, mais rouges et charnues, frémirent d'excitation. Il regarda Livy, à ses pieds, et ses yeux lancèrent des éclairs.

– Regardez l'air m'accueillir. Les cieux infinis m'attendent !

Et elle vit la vieille chaussure marron de Mr Hopkins flotter dans l'air à côté d'elle.

Il y eut une bourrasque, un hoquet de stupeur et, après une fraction de seconde, un bruit sourd. Ce fut tout. Pas le moindre cri de détresse. L'espace où l'homme s'était dressé était vide.

Livy voyait le sol du coin de l'œil. Mais il n'y avait pas de cadavre, juste quelque chose qui ressemblait à un tas de cendre grise à l'endroit où Mr Hopkins était tombé.

– Livy ?

C'était Mrs Smythe.

– Il est parti ? Je ne vois rien ! Je n'arrive pas à lever la tête. Je n'ose pas bouger, sinon je vais tomber. Tom est-il sain et sauf ?

Une fois de plus, Livy essaya de se hisser, mais c'était peine perdue. Elle n'avait plus de force dans les bras.

D'ici une seconde, elle allait tomber.

Une étoile bleue brillait dans le ciel violet, au-dessus de la Sentinelle. Ce serait la dernière chose qu'elle verrait : l'étoile de Mahalia. Elle ferma les yeux. Ses doigts glissèrent sur la brique.

Puis, tout à coup, elle sentit des mains fraîches caresser les siennes ! Et ses os cessèrent de la faire souffrir. Son cœur fit un bond de soulagement dans sa poitrine. Elle ouvrit les yeux.

– Toi ! cria-t-elle au garçon qui avait des paillettes d'or dans les yeux. Aide-moi !

Mais ensuite, quand ses doigts se remirent à glisser et qu'il ne fit rien pour l'aider, elle souffla :

– Tu n'es pas un rêve, si ?

Il secoua lentement la tête.

– Non, Livy, chuchota-t-il.

Il lui fit un sourire, un long sourire tendre qui n'exprimait pas du tout la panique.

– Je ne suis pas un rêve.

Pourquoi était-il toujours penché au-dessus d'elle, à lui sourire de cette façon ? Pourquoi ne la remontait-il pas sur le muret ?

– Alors aide-moi ! hoqueta Livy.

Ses bras tremblaient à force de se cramponner. Les nuages semblaient lourds au-dessus d'elle, l'air était toujours silencieux. Tout semblait en suspens alentour, comme elle, dans cette seconde précédant la chute.

Pourtant, le garçon ne faisait rien. Il avait une main sur la sienne, mais il se contentait de la regarder de ses beaux yeux envoûtants. Les paillettes se mirent à danser dans le vert émeraude de ses iris.

– S'il te plaît, supplia Livy. Je ne connais pas ton nom.

– Ralph. (Son sourire s'élargit.) Ralph Symons.

Elle entendit un énorme rugissement dans ses oreilles.

– Mais… Alex vient de me dire… Ralph Symons, c'est le nom du garçon qui a disparu… il y a des centaines d'années. Il est mort depuis longtemps.

– Est-ce que j'ai l'air mort ?

Il fronça les sourcils.

– Ralph… Je ne tiens plus.

Là-dessus, le garçon opina du chef et murmura :

– Bien sûr. Tu as besoin d'aide.

Il glissa un doigt sous l'index recourbé de Livy et le décolla lentement de la brique.

Une vive douleur fusa dans la main de la jeune fille.

– Qu'est-ce que tu fais ? hurla-t-elle en essayant une dernière fois de se hisser. Aide-moi !

Il secoua tristement la tête.

– Tu n'as pas besoin d'aide, Livy, dit-il dans un souffle à peine audible.

Elle vit ses yeux s'embuer.

– Mais je vais tomber !

Elle jeta un coup d'œil vers le bas. Les larmes lui piquaient les yeux.

– Lâche-moi ! Arrête de faire ça ! Pourquoi tu ne m'aides pas ?

Elle voyait Tom, cramponné à l'aile de la Sentinelle. Il avait la bouche ouverte, mais aucun son n'en sortit. Il tendit juste une main vers elle.

Livy glissa en dessous du muret.

– Je ne peux pas t'aider.

Le garçon décolla un autre de ses doigts et l'écarta de la brique. Elle poussa un cri étranglé, qui gargouilla au fond de sa gorge.

– Personne ne peut t'aider, Livy, ajouta Ralph d'une voix si douce que la jeune fille n'était pas sûre qu'il ait vraiment parlé.

Peut-être ne faisait-il que remuer les lèvres.

– Tu es la seule à pouvoir t'aider.

Ses mains se détachèrent.

Elle s'entendit crier.

Elle tombait en arrière, le visage tourné vers le ciel. Et vers la Sentinelle, dont le doux visage paraissait triste.

– Au revoir, Tom, souffla Livy.

Elle aurait dû heurter le sol, à présent, mais cette seconde s'allongeait, s'étirait pour remplir l'air qui l'entourait.

– Je suis désolée de ne pas pouvoir rester avec toi. Je suis sûre que quelqu'un va bientôt venir te chercher. Je l'espère. Je ne veux pas que tu aies peur.

Livy parvenait encore à réfléchir calmement et fixait toujours le ciel pesant. Peut-être était-elle déjà tombée. Peut-être était-elle déjà morte. Elle frissonna lorsque cette idée lui traversa l'esprit.

Elle se sentit rebondir comme si elle avait touché quelque chose.

– Je t'avais bien dit de ne pas avoir peur, chuchota Ralph.

Il flottait à côté d'elle.

– Pourquoi tu ne tombes pas ? hoqueta Livy.

– Et toi ?

– Je… je…

– Nous avons été transformés, Livy. Par le sang des Burgess.

27

Il la ramena sur le toit ; tout était silencieux. Tom ne bougeait pas. On aurait dit qu'il dormait, bien qu'il ait les yeux ouverts. Il suçait son pouce. Mrs Smythe gisait sur le toit, à quelques pas de là. Elle avait fait tant d'efforts pour arriver jusqu'à Tom avant de s'écrouler, songea Livy.

– Comment est-ce possible ?

Livy et Ralph s'assirent épaule contre épaule sur le muret. Les étoiles étaient les seules choses qui leur paraissaient vivantes, elles scintillaient dans le sombre ciel d'hiver.

– C'est maître Burgess qui m'a fait ainsi, expliqua le garçon.

– Mais c'est impossible, murmura Livy. Maître Burgess est mort il y a plusieurs siècles.

– Et il m'a fait il y a plusieurs siècles. *Tempus fugit*, chuchota Ralph. J'ai été conçu pour marcher dans les airs comme un ange, en échappant à la force qui attire tous les corps vers le sol, pour ne plus jamais savoir comment c'est de marcher sur la terre. J'ai été conçu pour enjamber le temps.

– Mais comment est-ce possible, une chose pareille ?

– Maître Burgess pensait que les mortels pourraient accéder à la perfection des anges s'il arrivait à alléger leur sang. (Il fronça les sourcils.) Il a commencé à mener des expériences.

– Pour mettre au point une poudre d'altération ?

– Il y avait aussi d'autres garçons, continua tristement Ralph. Meilleurs élèves que moi, plus doués avec les chiffres et plus appliqués dans leurs études. Il nous a choisis. Il nous a entraînés. Il nous a amenés ici. Je n'étais jamais monté si haut ! Je pensais pouvoir toucher les nuages en levant les bras. Mais l'un des plus jeunes garçons s'est mis à pleurer.

– Je vous ai vus, murmura Livy. Sur le toit. Ce garçon était si petit.

Elle repensa à la rangée de sept enfants perchés sur le toit de la Tour blanche. Un homme en longue toge noire se tenait derrière eux. Il saupoudrait leur tête de poussière grise. Puis ils montaient sur le muret. Livy n'entendait pas ce qu'ils disaient, mais l'un d'eux, plus jeune que les autres, avec des cheveux bouclés comme ceux de Tom, levait les yeux vers Ralph. Il le tirait par la manche, mais elle voyait que Ralph n'osait pas regarder vers le bas. Le plus jeune semblait terrifié. Il essayait de reculer, mais il perdait l'équilibre et tombait. « Non ! » criait le garçon aux cheveux noirs.

– Il s'appelait Edmund. Il avait tellement peur, souffla Ralph. Qu'est-ce que je pouvais faire d'autre qu'essayer de l'aider ? Il n'avait que neuf ans. J'ai tendu la main vers lui pour le réconforter, mais j'ai dû l'effrayer parce qu'il est tombé. Je n'ai pas réfléchi, j'ai sauté derrière lui. Je n'ai pas pensé à moi un seul instant, et je n'ai pas eu peur. C'est ça qui a provoqué la transformation de mon sang.

Ralph avait les yeux brûlants.

– Je suis plus qu'un mortel, je suis un être hors du temps et de l'espace. Je suis ce que maître Burgess aurait appelé un « ange ».

– Tu es tombé, murmura Livy. Comme moi.

– On a sauté, Livy, dit-il calmement. Pour sauver quelqu'un. On n'a pas réfléchi à ce qu'on faisait et on ne pouvait pas savoir ce qui se passerait.

– C'est juste que Tom est si petit, expliqua-t-elle, au bord des larmes. J'ai déjà perdu quelqu'un et je n'ai pas supporté l'idée de le perdre, lui aussi.

– Mais tu ne peux pas sauter si tu as peur, quelle que soit la quantité de poudre d'altération que tu utilises, si léger que soit ton sang, parce que la peur est une force bien plus sombre et plus lourde que tout ce qui peut t'entraîner vers le sol. C'est comme une tache ou une poussière minuscule sur ton cœur.

Il frissonna.

— Tu as vu cet homme. Il avait le cœur si noir que la poudre l'a rendu encore plus noir. Il ne se promènera jamais avec les anges.

– Et toi ? demanda Livy. Qu'est-ce qui va t'arriver, à toi ?

– Je suis tellement fatigué, chuchota-t-il. Je veux juste que ça s'arrête.

– C'est ce qu'a dit mon amie Mahalia, murmura-t-elle. Le jour où elle m'a donné son penny porte-bonheur.

Elle sortit la pièce de sa poche.

– Tu as une amie qui est morte ? demanda Ralph en étudiant la pièce d'un brun terne. Si jeune ?

Livy hocha la tête.

– Et maintenant, elle est toute seule. Je pense qu'elle se sent abandonnée. Comme toi.

Au lieu de se raidir ou de s'écarter d'elle, comme elle l'avait imaginé, le garçon eut un sourire triste. Ses immenses yeux verts étaient pleins de bonté à présent, et non de colère.

– Je pourrais la lui apporter, dit-il avec douceur en prenant la pièce dans la paume de Livy.

– Mais comment ?

– J'aurais besoin de ton aide. Tu sais que je ne suis plus mortel, alors je ne peux pas mourir. Je ne pèse rien, donc je ne peux pas tomber et le temps n'a aucun effet sur moi. C'est pourquoi je suis toujours là, éternellement là, sur le toit de la Tour blanche.

Livy sentit sa tristesse l'envahir.

– L'éternité, c'est trop long pour rester seul, chuchota Ralph. Si tu me rendais la pesanteur, je pourrais traverser la barrière jusqu'à l'autre royaume. C'est là que ton amie attend.

Il brandit la pièce.

– On pourrait partager ce penny porte-bonheur, si tu veux bien m'aider.

L'étoile bleue scintillait au-dessus d'eux et Livy eut la nette impression que Mahalia était là, comme lorsqu'elle était encore en vie, avec son sourire malicieux, sa peau dorée et ses épais cheveux châtains.

Elle entendit la voix chantante de son amie lui souffler de nouveau :

– Aide-le. Il se sent si seul.

– J'ai besoin de retourner dans le monde des mortels, expliqua Ralph. De devenir lourd comme une pierre et de tomber à travers le temps et l'espace.

– Mais ça ne marchera pas, objecta Livy. Tu ne tomberas pas.

– Il y a un moyen. (Il leva les yeux vers la Sentinelle.) Mon père était tailleur de pierre. C'est lui qui a sculpté les Sentinelles. Après ma transformation, maître Burgess a éprouvé du remords à cause de ce qu'il m'avait fait. Il a cassé l'aile de cette statue. (Son regard s'embua.) Tu veux bien la faire bouger ?

– Bouger ? s'étrangla-t-elle. Mais comment ?

– Tu te souviens de la première fois que tu as regardé par la fenêtre ? Qu'est-ce que tu as vu ?

– Le ciel. La Sentinelle.

– Mais tu as vu autre chose. Rappelle-toi, Livy ! Rappelle-toi ce que tu as ressenti.

Elle prit une profonde inspiration et ferma les yeux.

– J'ai vu la Sentinelle. Elle paraissait toute proche.

J'ai tendu la main et je l'ai touchée. C'est l'impression que j'ai eue, en tout cas. Ensuite, la pierre a paru tiède sous mes doigts. La statue a semblé sentir ma main et elle a tourné la tête.

– Tu vois ? Tu l'as déjà fait, dit Ralph. Tu as vu son aile bouger et sa tête tourner. Maintenant, tu dois recommencer avant que ton sang redevienne lourd.

– Mais je ne sais pas comment m'y prendre ! protesta la jeune fille.

– C'est aussi facile que de tomber, Livy, assura-t-il. Donne-t'en les moyens, c'est tout.

28

Le garçon se leva et marcha vite vers la Sentinelle. Tom, recroquevillé dans un coin, ne bougeait toujours pas.

– Il faut qu'on se dépêche, dit Ralph en tendant la main à Livy. Cet intervalle entre deux moments ne durera pas longtemps.

Il appuya sa tête brune contre le torse de pierre de la Sentinelle. Elle tendit la main et tira sur le manteau de Ralph.

– Je ne t'oublierai pas, dit-elle.

Il posa deux doigts sur ses lèvres, puis sur la bouche de Livy. Il souriait, mais elle eut la certitude de voir des larmes briller dans ses yeux. Il se détourna et passa un bras autour du cou de la Sentinelle. Il soupira, comme fatigué, et ferma les paupières.

– Ralph ! s'écria Livy, soudain paniquée. Qu'est-ce qui va se passer si la statue ne bouge pas ?

– Rappelle-toi juste comment tu as fait pour réchauffer la pierre.

Elle aurait voulu qu'il rouvre les yeux pour voir encore une fois leur couleur admirable.

– Mais tu ne peux pas souhaiter ça ! protesta-t-elle. Je ne te crois pas.

– Mais si je reste, chuchota-t-il, je reste pour toujours. Et qu'est-ce qui se passera quand tu partiras ? Parce que tu n'es pas comme moi, Livy. Tu ne resteras pas comme tu es. Ton sang n'est pas aussi léger ni aussi délicat que le mien, même si tu as le pouvoir de déplacer la pierre et pas moi. Tu vas t'en aller. Tu vas me quitter, comme tout le monde, et je serai encore plus seul parce que je me souviendrai comment c'est d'avoir quelqu'un près de soi.

Mais…

– Fais-le maintenant, Livy. Dans cette brèche de néant entre un instant et le suivant.

Elle inspira à fond. L'air lui parut plus lourd. Elle vit une bourrasque agiter les cheveux de Tom. Ce moment lui échappait-il déjà ?

– Vite ! la pressa Ralph. Je sens le vent se lever. Le temps se remet en route !

Livy tendit la main et toucha les plumes de pierre.

Rien ne se produisit.

Elle vit Ralph froncer les sourcils, mais il garda les yeux fermés.

– Écoute ton sang, murmura-t-il. Laisse-le circuler dans la pierre.

Livy toucha l'aile une fois de plus. Puis, voyant que rien ne se passait, elle se mit à marteler de ses poings les plumes sculptées.

– Vas-y ! Bouge ! hurla-t-elle au visage immobile. Bouge ! Aide-moi à faire ça pour Ralph !

Une minuscule flaque d'eau de pluie s'était formée dans le coin de l'œil de la Sentinelle, bien que Livy n'ait pas souvenir qu'il ait plu, et tomba dans sa main, aussi lourde que du mercure.

La jeune fille se figea. Elle regarda l'étoile bleue au-dessus de la tête de la Sentinelle.

– Je crois qu'il faut que tu m'aides, Mahalia, souffla-t-elle, au bord des larmes. Je n'y arrive pas. Je ne peux pas t'envoyer un ami… toute seule.

L'étoile trembla. La Sentinelle frémit sous la main de Livy et ses narines se dilatèrent comme si elle s'apprêtait à respirer. Puis elle bougea lentement le bras pour envelopper Ralph. Le garçon blottit sa tête sous le menton de la statue.

– Encore une inspiration, chuchota-t-il pour lui-même.

Il avait toujours les yeux fermés lorsque la Sentinelle fit son premier pas.

Les ailes de pierre étaient magnifiques.

– Une aile d'ange a la longueur de sept royaumes célestes, souffla Livy en se rappelant ce qu'elle avait lu dans le grimoire du laboratoire.

La Sentinelle déploya ses ailes, produisant un courant d'air si puissant qu'il faillit renverser Livy. L'aile cassée frémit et la jeune fille remarqua que la statue devait faire plus d'efforts pour la soulever.

– Attends ! s'écria-t-elle alors que la Sentinelle faisait encore un grand pas.

– Non, dit Ralph. Ne me demande pas ça.

– Mais je veux venir avec toi. Je veux revoir Mahalia.

– Ton heure n'est pas venue, Livy.

La Sentinelle avança. Livy refoula ses larmes. Elle sentait la panique monter, l'envahir.

– Dis à Mahalia…

Cela lui paraissait soudain essentiel que Ralph dise à Mahalia qu'elle la regrettait, mais qu'elle comprenait que son amie ne pouvait plus être avec elle.

– Je ne l'aime pas moins, même si elle est partie, tint-elle à ajouter.

Ralph sourit, les yeux fermés.

– Ne t'inquiète pas. Je lui dirai tout. Je lui parlerai de toi, de Tom et de ce garçon qui savait que j'étais perdu, et de la fille au regard gentil. Je lui dirai…

La Sentinelle fit un pas de plus, puis encore un autre. Elle était sur le muret.

– Une dernière chose ! s'écria Livy, le cœur serré.

La Sentinelle frissonna. Livy devait vite dire ce qu'elle voulait avant de fondre en larmes.

– Avant de partir en voyage, on doit dire au revoir.

Elle n'avait jamais pu le faire avec Mahalia. Elle avait la gorge serrée, à présent.

– Pour… pour éviter que tu me manques et que je me demande où tu es parti.

La Sentinelle tourna la tête à gauche et à droite, admirant la beauté du ciel immense pour la première fois. Ses lèvres charnues, taillées pour paraître sévères et nobles, s'étirèrent lentement dans un sourire devant ce que voyaient ses yeux de pierre.

– Au revoir, Livy.

La voix de Ralph semblait s'éteindre, comme s'il était sur le point de s'endormir.

– Au revoir, répondit-elle.

La Sentinelle replia ses lourdes ailes sculptées autour de Ralph et tomba en avant, chutant dans le vide impitoyable.

29

Il y eut un coup de vent, le bruit du tonnerre. La tour fut ébranlée comme si quelque chose l'avait percutée.

– C'est fini, souffla Livy.

Mais elle avait besoin de dire une dernière fois adieu à Ralph et – bêtement, elle le savait – elle espérait qu'il avait échappé aux ailes de pierre et qu'il était resté accroché quelque part au-dessus du vide ; elle se pencha pardessus le muret. Elle eut aussitôt le vertige et dut se cramponner à la pierre pour apaiser la sensation de chute dans son ventre.

La tête de la Sentinelle s'était détachée et avait roulé sur un côté. Elle fixait Livy, une expression de surprise sur ses traits de pierre. Son corps gisait, brisé en plusieurs gros morceaux ; l'aile était si grande et si lourde que les pavés s'étaient cassés autour de l'endroit où elle avait atterri. Mais avait-elle été assez pesante pour emporter Ralph avec elle ? Pour le ramener dans le cours du temps et l'y noyer ? Pour le rendre à nouveau lourd ?

Puis, elle vit un mince filet de fumée monter vers le ciel et perçut cette étrange odeur métallique dans l'air.

Livy sentit une secousse et, comme si elle était dans un film qu'on avait mis sur pause puis redémarré, elle vit les arbres frissonner et danser dans le vent. Le bruit de la circulation reprit.

– Livy ?

Elle courut vers Tom, qui se jeta dans ses bras.

– Le comte Zacha n'est pas venu.

– Je suis désolée, Tom.

– Est-ce qu'il viendra un jour ?

Livy secoua la tête.

– Je crois qu'il est parti très, très loin.

– Comme Mahalia ?

– Comme Mahalia.

– Au même endroit ?

– Oui.

– C'est bien, déclara Tom. Ils pourront être copains.

Il serra Livy plus fort et chuchota :

– Je suis content que le comte Zacha ne soit pas venu. Je ne veux pas partir avec lui. Il fait tellement froid sur le toit. Le ciel est froid. (Il se mit à trembler.) Le comte Zacha aurait pu m'emmener très loin et peut-être que je me serais perdu.

Sa sœur lui caressa les cheveux.

– Je veux rester avec toi, Livy.

Elle posa un baiser sur le haut de sa tête.

– Moi aussi, je veux rester avec toi.

Ils entendirent la voix affaiblie de Mrs Smythe.

– Livy ? Livy ? Où es-tu ? Où est Tom ? Je ne vous vois pas. Je n'arrive pas à ouvrir les yeux.

– Tu peux venir avec moi, Tom ? demanda Livy à son petit frère en l'aidant à se relever. Ou tu veux m'attendre ici ?

– Je veux venir.

– Fais très attention, dit-elle en descendant du muret pour retourner sur le toit des Sentinelles. Ne regarde pas vers le bas. Ça te donnerait le vertige.

– Je n'ai jamais le vertige, assura Tom en passant les jambes de l'autre côté du muret.

Livy le souleva et le posa sur le toit.

Mrs Smythe leva la tête.

– Oh ! Dieu soit loué ! s'écria-t-elle. Vous êtes vivants ! J'ai cru… (Elle referma les yeux.) Il y a une trappe juste derrière nous. C'est comme ça que je suis montée sur le toit. Mais je ne peux pas bouger.

– Asseyez-vous, tout simplement, ordonna Tom. Et donnez-moi la main. Je suis fort, Mrs Smythe. Et vous ne tomberez pas !

Les yeux fermés, la directrice se redressa. Elle prit sa tête entre ses mains puis, en gémissant doucement, se traîna vers la trappe ouverte. Elle disparut dans le carré d'ombre. Tom la rejoignit en trottinant.

– Fais attention ! lui cria Livy.

Il se retourna et la fusilla du regard.

– Je te l'ai dit, je sais voler ! Je ne tomberai pas !

Tom était assis sur un grand canapé de cuir dans le bureau de Mrs Smythe. Occupé à dessiner, il était totalement absorbé. La femme regarda la nuit sombre, dehors. La Sentinelle n'occupait plus le cadre de la fenêtre.

– J'ai senti le sol trembler, dit-elle tout bas. Que s'est-il passé ?

– Elle est tombée, dit Livy.

– Et Mr Hopkins ?

– Parti. (Elle repensa au tas de poussière sous la Sentinelle.) Il s'est enfui, chuchota-t-elle.

– Il ne s'est pas transformé ?

– Vous étiez au courant ? s'étrangla Livy.

– Tout ce que je savais, c'est qu'il tentait de réaliser une expérience dangereuse. C'est pour ça que je l'ai renvoyé. Même si ce sur quoi il travaillait n'aurait jamais marché.

– Tom ! Livy !

La porte s'ouvrit à la volée et leur père surgit sur le seuil, les cheveux en bataille.

– Je viens de voir la Sentinelle ! Qu'est-ce qui s'est passé ? Vous avez vu quelque chose ?

Mrs Smythe secoua la tête.

– Tom ! Qu'est-ce que je t'ai dit ? Tu sais bien que tu n'as pas le droit de t'échapper dans la bibliothèque. Tu aurais pu te perdre pendant des jours et des jours !

La directrice eut un faible sourire.

– Je le tenais à l'œil, James.

Tom leva le nez de son dessin.

– Le comte Zacha n'est pas venu, soupira-t-il tristement. J'ai attendu sur le toit avec le monsieur, mais le comte Zacha était occupé.

Son père lui ébouriffa les cheveux.

– Eh bien, voilà ce qui arrive avec ces superhéros. Ils ont beaucoup à faire. Oh, Livy, tu es là ! Je croyais que tu étais déjà rentrée à la maison.

Mrs Smythe reprit la parole :

– Quand j'ai vu Livy quitter le collège, je lui ai demandé de venir m'aider à surveiller Tom. Je m'apprêtais à vous appeler, James, pour vous dire de ne pas vous inquiéter. Je l'ai trouvé en cherchant un livre à la bibliothèque.

– Je crois avoir découvert quelque chose d'intéressant, annonça le père de Livy en prenant Tom dans ses bras. Un petit livre sur la force de gravité. Mr Hopkins n'a pas réussi à me le cacher, celui-là ! Je pourrai vous le montrer demain.

Mrs Smythe sourit et se massa les tempes comme si elle avait la migraine.

– Rangez-le simplement quelque part, dit-elle tranquillement. Je suis désolée de vous avoir causé tant de souci, James, mais mes recherches sont parties dans une autre direction et je me rends compte que je n'ai plus besoin de ça maintenant.

– Livy m'a rattrapé, fit Tom en reniflant. Quand je suis tombé.

Avec un sourire nerveux, Mrs Smythe jeta un coup d'œil à Livy.

– Que d'imagination ! Et dire que pendant tout ce temps, il était ici, dans mon bureau.

Livy ne répliqua pas. Comment aurait-elle pu expliquer ce qui s'était passé ?

– Vous devriez peut-être ramener vos enfants à la

maison, James. J'ai du travail. La Sentinelle devait être en équilibre instable depuis longtemps ; il faut que je demande aux agents d'entretien de sécuriser le périmètre autour d'elle avant demain et de regarder s'il faut enlever les autres du toit. (Elle décrocha son téléphone.) Nous ne pouvons pas prendre le risque qu'il y ait un accident.

Livy sortit dans la cour des Sentinelles. L'école était plongée dans le silence et l'obscurité. La seule lumière venait du bureau de Mrs Smythe, à l'étage ; elle baignait la statue tombée à terre d'une douce lueur dorée. Tom dégagea sa main de celle de son père et courut vers le tas de pierre.

– Tom ! gronda celui-ci. N'approche pas de là !

Le petit garçon ne revint pas. Son père courut le rattraper, et le prit dans ses bras.

– Son aile ne marchait pas, commenta -t-il tristement, alors il est tombé.

Son père leva les yeux vers le toit, en fronçant les sourcils.

– Ça s'appelle la force de gravité, mon bonhomme, marmonna-t-il, songeur, les yeux plissés.

Quand ils tournèrent dans Leaden Lane, Livy vit Alex et Célia qui l'attendaient sur le perron de la maison.

– On était inquiets pour toi, dit Célia, dont le souffle formait de petits nuages.

Livy se sentit rougir. Que savaient-ils ? Que pouvaient-ils avoir vu ?

– Ta migraine, expliqua Célia.

– Ah oui ! fit-elle. Ma migraine… Elle est passée, maintenant.

– Et tu as dit que tu avais vu Tom sur le toit, chuchota Célia.

L'enfant, toujours dans les bras de son père, essayait de faire des clins d'œil à Alex.

– Ça devait être une aura, improvisa celui-ci, content de lui. Quand on a la migraine, on voit souvent des choses qui n'existent pas : des lumières clignotantes, des zigzags, ce genre de trucs.

– Et des frères ? demanda Célia, dubitative. On voit aussi des frères ?

Je ne l'ai pas vu, dit Livy, les yeux baissés. Je me suis trompée.

À l'intérieur de la maison, la mère de Livy prit Tom des bras de son père.

– Tu l'as épuisé, James. Tout ce travail !

Elle sourit à sa fille.

– Tu as amené des amis à la maison, Livy ? C'est super. Ça faisait longtemps que ce n'était pas arrivé. Je vais vous faire du thé et on n'aura qu'à ouvrir la boîte de biscuits !

– Eh bien, vous avez intérêt à m'en garder ! grommela son mari en retirant son manteau. Les miens n'arrêtent pas de disparaître alors que je n'en mange même pas !

– Moi aussi, ça m'arrive…, s'esclaffa la mère de Livy.

– Tu as eu mon message ? demanda Alex une fois qu'ils furent installés autour de la table de la cuisine.

Livy observa son père, qui parlait à voix basse à sa mère ; elle entendit le mot « Sentinelle ».

– Hein ?

Elle se tourna de nouveau vers ses amis.

– À propos du garçon disparu.

Alex parlait tout bas. Il jeta un coup d'œil par-dessus son épaule, en direction du père de Livy.

– Ne dis pas à ton père que je suis allé à la bibliothèque. Ces archives sont gardées sous clé. J'ai dû être un peu, euh… imaginatif pour mettre la main dessus.

– Vous parlez encore de ce garçon disparu, vous deux ? siffla Célia.

– Mais il a existé, Célia !

Alex s'essuya la bouche du revers de la main.

– C'est quoi ces messes basses ? gloussa la mère de Livy. J'espère que c'est un secret ! Les jeunes devraient avoir plein de secrets.

– Mais enfin ! s'indigna son mari.

– C'est à ça que ça sert, les amis ! À garder les secrets.

La mère de Livy but une gorgée de thé.

– Où est mon dessin ? voulut savoir Tom.

Son père tendit une feuille pliée en quatre à sa femme, qui la déplia et l'afficha sur le réfrigérateur avec un aimant.

Il représentait un garçon – Tom, d'après ses boucles désordonnées – perché au sommet d'une haute tour, et s'avançant dans le vide, avec le ciel à l'arrière-plan.

30

Le lendemain matin, un groupe d'ouvriers se tenait devant l'entrée de Temple College. Livy entendit l'un d'eux s'étonner :

– Comment il est tombé, ce machin ? Il n'y a pas eu de tempête ni rien.

Elle entra dans la cour des Sentinelles. Plus que six statues sur le toit. De grandes barrières en plastique entouraient celle qui était tombée et un groupe d'élèves curieux la regardaient. Célia fit signe à Livy et l'appela.

– Mr Bowen a dit qu'elle serait enlevée d'ici à l'heure du déjeuner, rapporta-t-elle avec excitation. Ils vont amener une grue. Mais personne n'arrive à comprendre comment la statue est arrivée là. Et comment c'est possible qu'elle n'ait tué personne !

Elles regardèrent le visage de la Sentinelle.

– Elle a l'air un peu triste, commenta Célia.

– Mais paisible, ajouta Alex.

– Livy ?

Ils se retournèrent et virent Miss Lockwood, la secrétaire de la directrice.

– Mrs Smythe aimerait te voir dans son bureau.

– Ça va aller ? demanda Célia, soudain soucieuse. Je peux t'attendre dehors.

La fenêtre du bureau de Mrs Smythe paraissait encore plus vide à la lumière du jour : il n'y avait plus ces ailes de pierre pour remplir le ciel. La directrice se leva aussitôt et vint à la rencontre de Livy.

– Comment va Tom depuis hier ? demanda-t-elle. Il a dit quelque chose ?

– Personne ne le croit. Quoi qu'il raconte, mes parents pensent seulement qu'il a de l'imagination.

– Il m'a appelée Mrs Mitaine. (La bouche de Mrs Smythe frémit à ce souvenir.) C'est un garçon adorable. (Elle se mordit la lèvre.) Il vaut peut-être mieux attribuer ce qui s'est passé hier à notre imagination fébrile. (Elle secoua la tête.) Oh ! Je vous ai fait courir un grave danger, à Tom et à toi, je n'imaginais pas que Mr Hopkins tenterait quelque chose d'aussi ignoble. J'aurais dû agir plus tôt. Mais comment aurais-je pu savoir qu'il croyait vraiment à ce qu'il me rabâchait !

Elle se massa les tempes. Son bracelet d'or glissa sur son poignet.

– Je connaissais le travail de maître Burgess. Je savais qu'il avait étudié l'alchimie durant de nombreuses années. Mais l'alchimie, ce n'est pas de la science, Livy. Il n'a pas pu fabriquer de l'or, comme il l'a prétendu. Il n'a pas pu faire voler un enfant ! Oh ! Je vois les Sentinelles sur le toit et le vitrail, mais j'ai également vu le nom du garçon qui est mort. Il est mentionné dans les archives de l'école. Ralph Symons. (Elle détourna les yeux.) Quelle mort affreuse ! commenta-t-elle dans un souffle. Être poussé du toit par un homme en qui tu as confiance…

Livy ne dit rien.

– Je pense qu'après ce qu'il a fait à cet enfant, le chagrin a détraqué l'esprit de maître Burgess, continua Mrs Smythe. Alors il s'est persuadé que le garçon pouvait voler, et qu'il avait créé un ange.

Elle soupira.

– Et tout aurait dû s'arrêter là. Mais ensuite, Alan Hopkins a vraiment cru aux mensonges qu'il a lus dans les livres de maître Burgess. Je pensais que notre bibliothécaire était faible et prétentieux. Je ne l'aurais jamais imaginé assez cruel pour tenter de reproduire la funeste expérience qui avait causé la mort de ce garçon il y a tant d'années.

Elle secoua la tête.

– Je me suis rendu compte qu'il s'introduisait dans Temple College, d'une façon ou d'une autre, pour poursuivre ses expériences. J'ai essayé de le surprendre, mais il était trop sournois. Ensuite, quand j'ai vu le laboratoire installé dans la Tour blanche, j'ai compris que Mr Hopkins avait vraiment perdu la tête. C'était impossible que ça marche. Il chauffait de la poudre métallique dans une fiole ! C'était l'œuvre d'un fou… Alors je n'ai pas cherché à l'arrêter. Mais il aurait pu faire tant de mal.

Peux-tu me pardonner ? (Elle se tourna vers la fenêtre, avec un air préoccupé.) *Tempus fugit*. Ça signifiait vraiment quelque chose, en fin de compte, en tout cas pour Alan Hopkins. Il pensait pouvoir vivre éternellement, hors du temps et de l'espace. Il pensait que maîtriser le temps lui permettrait de voler. Quel imbécile !

Livy ne savait que dire. Cette femme était une scientifique, elle ne croyait qu'à ce qu'elle pouvait voir et expérimenter avec rigueur. Elle avait la vérité sous les yeux, mais elle ne voulait pas, ne pouvait pas la voir.

– Cependant, ajouta-t-elle en soupirant, je reste perplexe. La Sentinelle. Comment est-elle tombée ? (Elle se retourna vers Livy.) Je vais quitter Temple College. Je pense que cet endroit n'est pas fait pour moi. Je vais retourner à Prague et y continuer mes recherches sur la force de gravité. Mais peut-être que l'on peut convenir de garder le secret sur cette affaire ? Personne n'a été blessé et j'ai détruit les ouvrages de Peter Burgess. Je les ai jetés au feu dans cette pièce de la Tour blanche hier soir. Espérons que j'aie mis fin à cette histoire. (Elle se baissa pour ramasser la boîte à casse-croûte de Tom.) Ton frère a laissé ça ici. Tu peux la lui rendre ?

Livy descendit lentement l'escalier. « Espérons que j'aie mis fin à cette histoire », pensa-t-elle. Était-ce vraiment terminé ?

Elle remarqua que son sang lui paraissait froid et lourd, et que tout, autour d'elle, semblait avoir un poids normal.

Elle vit Célia qui l'attendait au pied des marches, l'air soucieux. Livy lui sourit et lui fit signe.

– Tout va bien, lança-t-elle. Pas de souci. Tom avait oublié sa boîte à casse-croûte dans le bureau de Mrs Smythe !

Célia sourit. Célia. Son amie Célia. Et c'était bien. Elle pouvait l'accepter. Enfin. Mahalia était partie, bien sûr. Ralph aussi. Et elle le regrettait. Ce serait toujours triste et elle aurait aimé qu'ils soient toujours là. Mais ils n'étaient plus seuls. Ils étaient là l'un pour l'autre et Livy avait le sentiment que Ralph serait un bon ami pour Mahalia. Et que Mahalia saurait ramener le sourire sur le visage morose de Ralph après tous ces siècles de tristesse.

Célia glissa son bras sous celui de Livy.

– Il se passe des tas de choses dehors. Ils sont en train d'enlever la Sentinelle.

Dans la cour, une petite grue était stationnée à côté de la statue cassée. Des ouvriers attachaient des cordes autour de la pierre brisée. Livy regarda la lourde tête, sculptée pour Ralph par son père, s'élever lentement.

Elle resta bien arrimée au sol. Elle ne voulait pas être sur le toit. Elle pouvait lever les yeux vers le ciel et n'éprouver que de la joie d'être loin en dessous.

Elle avait changé.

Épilogue

– Hé ! Joe !

Dans la cour des Sentinelles, Livy s'était hâtée de rejoindre le garçon. Les cours commenceraient dans quelques minutes. Joe se retourna, surpris.

– C'est moi. Et toi, tu t'appelles Livy, c'est ça ?

Elle acquiesça. Elle devait faire ça vite si elle ne voulait pas se désintégrer sur place.

– Tu pourrais me rendre un service ?

– Ça dépend…

– J'ai une amie… Tu m'as peut-être vue avec elle.

– Une des deux gorgones du duo de la mort ? Celles qui me regardent tout le temps ? Beurk !

Il frissonna.

– Non ! Elle s'appelle Célia et…

Livy s'interrompit une seconde. Joe fronça les sourcils en attendant la suite.

– Tu lui plais beaucoup, lâcha Livy. Mais elle n'est pas

très courageuse, alors elle n'a pas osé te le dire elle-même. Mais je lui ai expliqué que, quelquefois, il faut trouver un moyen de les dire, ces choses-là. Alors je le fais pour elle. Parce qu'elle est trop timide. J'espère que ça ne te dérange pas.

Il hocha la tête. Manifestement, il n'était pas surpris.

– Pendant un moment, j'ai cru que tu allais m'annoncer que je lui devais de l'argent. J'en ai emprunté à une fille la semaine dernière pour m'acheter des chips et je ne me souviens plus qui c'est, alors je ne peux pas la rembourser. (Il secoua la tête.) C'est horrible quand ça m'arrive, ça.

– Eh bien ! Pour revenir à Célia. Tu n'es pas obligé de l'apprécier… mais…

Joe souriait, à présent, comme s'il trouvait Livy amusante.

– J'avais une amie, Mahalia, et elle n'a jamais eu l'occasion de dire à un garçon qu'il lui plaisait. Je ne sais pas pourquoi il lui plaisait, il avait une tête de fouine, et une coiffure vraiment super-bizarre, mais…

– Ces choses-là, on ne les choisit pas, déclara doctement Joe.

– Eh bien, c'est ça que ressent Célia. Mon amie. Celle dont je te parle. Elle s'appelle Célia.

– Tu me l'as déjà dit.

– Ah oui. Pardon. Bon. Tu pourrais lui dire bonjour, un de ces jours ?

Joe eut l'air surpris.

– C'est tout ?

– C'est tout. Dis-lui juste bonjour. Montre-lui que tu

sais qu'elle est sur cette terre. Et qu'elle est vivante. Et ne te moque pas d'elle si elle ne trouve pas le courage de te répondre.

Livy aurait voulu se gifler pour avoir dit ça. Ça paraissait tellement stupide.

– Bien sûr ! fit Joe avec un sourire. C'est pas difficile.

Il s'éloigna. Elle avait réussi.

Joe se retourna.

– Célia, c'est ça ? La fille avec des cheveux noirs et une frange ? Qui est dans la section Burgess ? Elle prend le même bus que moi quelquefois pour rentrer chez elle. Très, très jolie ?

Livy leva les yeux pour regarder, au sommet de la Tour blanche, l'espace qu'occupait encore la veille la Sentinelle à l'aile cassée. Ça lui paraissait déjà loin. C'était à l'époque où elle ne pouvait pas encore être heureuse ici-bas. Où Mahalia était encore seule. En repensant à ces tristes journées d'été, elle comprit qu'elle ne ressentirait plus jamais ça.

Discrètement, elle fit un petit signe vers le ciel désert.

Remerciements

Écrire ce livre m'a pris bien trop de temps et j'ai beaucoup de personnes à remercier, surtout pour leur patience.

D'abord, ma merveilleuse agente, Hilary Delamere, qui m'a donné des conseils si avisés.

Et puis mes charmants éditeurs : Barry Cunningham, qui n'a pas cillé quand il m'a dit aimer le livre. Rachel Leyshon, qui m'assure qu'il lui reste encore des cheveux sur la tête après avoir lu tant de versions. Rachel Hickman, qui a conservé son calme et son enthousiasme en dépit des dates limites toujours repoussées. Elinor Bagenal, dont l'énergie est contagieuse. Laura Myers, pour avoir si habilement accéléré la fabrication. Et toutes les « poulettes » de chez Chicken House : Jazz, Esther, Kesia et Sarah. Tous forment une équipe vraiment adorable, passionnée par les livres et par les différents univers qu'ils peuvent offrir aux enfants.

J'aimerais également remercier Helen Crawford-White pour la superbe couverture. Elle a réussi à saisir l'atmosphère du livre avant même que j'aie rendu l'intrigue plus consistante qu'un nuage de fumée.

Merci aussi à Bella Pearson et Jane Fior.

Et à mes premiers lecteurs, avant que l'ouvrage soit achevé : Ange, Fatima et Sarah.

Je remercie Charles, pour pratiquement tout ; Milo (pour les visites, la musique, la fabulosité générale) ; Rufus, qui me fait rire ; et la « petite » Syrie qui, avec ses cheveux aile-de-corbeau et son mètre quatre-vingts, a eu le courage de s'avancer à peu près partout.

Merci à ma sœur, qui a été un ange. Et à mon cher vieux papa.

Et à maman, qui scintille quelque part. Je t'aime encore plus que tu ne m'aimes.

L'auteur

Cathryn Constable a étudié la théologie à l'université de Cambridge. Elle a ensuite travaillé chez *Vogue*, *Elle Décoration*, *Elle* et *The Independent*. Elle a également écrit dans *The Sunday Times*, avant de se tourner vers la littérature pour la jeunesse. En 2013, son premier roman *Sophie et la princesse des loups* est publié chez Gallimard Jeunesse et rencontre un beau succès auprès des lecteurs. Après ce texte d'inspiration russe, avec mitaines, fourrure et arbres enneigés, c'est en Angleterre qu'elle nous entraîne avec *Les Secrets de Temple College*, une aventure fantastique ayant pour thème l'alchimie et ses pouvoirs mystérieux. Cathryn Constable vit à Islington (Londres) avec son mari et leurs trois enfants.

Découvrez *Sophie et la princesse des loups*,
un autre roman de Cathryn Constable

Pour Sophie et ses amies, le voyage scolaire en Russie prend un tour inquiétant. Abandonnées dans un train, les trois jeunes filles sont recueillies par la princesse Volkonski. Leur hôtesse, fascinante et effrayante, raconte de terribles histoires de révolution, de diamants disparus et de tragédies passées. Quels lourds secrets recèle son palais délabré? Ces loups blancs que Sophie semble être la seule à voir dans la forêt sont-ils bien réels?

Au cœur d'une Russie magique, embarquez pour un voyage de légendes et de mystères : une aventure envoûtante et romantique, l'incroyable destin de Sophie.

Le papier de cet ouvrage est composé de fibres naturelles, renouvelables, recyclables, et fabriquées à partir de bois provenant de forêts gérées durablement.

Mise en pages : Françoise Pham
Loi n° 49-956 du 16 juillet 1949
sur les publications destinées à la jeunesse
ISBN : 978-2-07-509001-8
Numéro d'édition : 322184
Dépôt légal : avril 2018

Imprimé en Italie par Grafica Veneta S.P.A.